O JANTAR ERRADO

A marca FSC® é a garantia de que a madeira utilizada na fabricação do papel deste livro provém de florestas que foram gerenciadas de maneira ambientalmente correta, socialmente justa e economicamente viável, além de outras fontes de origem controlada.

ISMAIL KADARÉ

O jantar errado

Tradução do albanês
Bernardo Joffily

Copyright © 2009 by Librairie Arthème Fayard
Todos os direitos reservados.

*Grafia atualizada segundo o Acordo Ortográfico da Língua Portuguesa de 1990,
que entrou em vigor no Brasil em 2009.*

Título original
Darka e gabuar

Capa
Fabio Uehara

Foto de capa
Sabine Scheckel/ Getty Images

Preparação
Silvia Massimini Felix

Revisão
Ana Luiza Couto
Jane Pessoa

Dados Internacionais de Catalogação na Publicação (CIP)
(Câmara Brasileira do Livro, SP, Brasil)

Kadaré, Ismail.
    O jantar errado / Ismail Kadaré; tradução do albanês
Bernardo Joffily. — 1ª ed. — São Paulo: Companhia das Letras,
2013.

    Título original: Darka e gabuar.
    ISBN 978-85-359-2230-1

    1. Ficção albanesa I. Joffily, Bernardo II. Título.

13-00984   CDD-891.9913

Índice para catálogo sistemático:
1. Ficção: Literatura albanesa 891.9913

[2013]
Todos os direitos desta edição reservados à
EDITORA SCHWARCZ S.A.
Rua Bandeira Paulista, 702, cj. 32
04532-002 — São Paulo — SP
Telefone: (11) 3707-3500
Fax: (11) 3707-3501
www.companhiadasletras.com.br
www.blogdacompanhia.com.br

O JANTAR ERRADO

1.

Jamais se manifestara o menor sinal de ciúmes entre o dr. Gurameto Grande e o dr. Gurameto Pequeno. Embora tivessem o mesmo sobrenome, eles não possuíam qualquer laço de parentesco e, com certeza, se não fosse pela medicina, seus destinos nunca se cruzariam, nem os apelidos "Grande" e "Pequeno" os teriam posto numa confrontação seguramente indesejada.

Entretanto, parecia que uma mão invisível dispusera as coisas de tal forma que os dois — os mais renomados cirurgiões da cidade —, mesmo querendo, jamais conseguiriam se dissociar. Mais ainda: aparentemente a mesma mão invisível fizera com que aquela história possuísse uma harmonia interior, de modo que as coisas entre eles dessem a impressão de não poder ser senão o que eram desde sempre.

O dr. Gurameto Grande, além de ser mais corpulento e mais velho que o outro, tinha estudado na Alemanha, sem dúvida um país mais extenso e imponente que a Itália, onde estudara o dr. Gurameto Pequeno.

Embora o atrito entre os dois tardasse a se manifestar, todo mundo estava convencido de que ele estava ali, ainda que cuidadosamente camuflado. Na qualidade de maior concorrência entre médicos que a cidade jamais conhecera, um dia ele certamente viria à tona, com um estrépito sem precedentes.

Enquanto isso, a situação não impedia que, em qualquer circunstância, os dois doutores, ou, mais precisamente, a relação estabelecida entre eles e o episódio em pauta, logo dessem na vista. Talvez aquilo viesse da profissão, em que as pessoas dificilmente admitem um empate de competências e mal podem esperar que ele seja rompido. Até então, em todas as ocasiões fora o dr. Gurameto Grande que, por assim dizer, vencera, ainda que essa palavra possa parecer excessiva nas circunstâncias dadas, assim como soa exagerado o verbo "perder" para o outro.

Quatro anos antes, quando ocorrera o que alguns chamaram de ocupação da Albânia pela Itália, e outros de unificação dos dois países, o acontecimento pareceu feito sob encomenda para impor o equilíbrio, ou, mais exatamente, para derrubar ou consagrar definitivamente o status do dr. Gurameto Pequeno, no confronto com o dr. Gurameto Grande. O falatório perdurou por um bom tempo. Num dia parecia que o Pequeno sairia vencido, no outro as coisas se invertiam. O próprio médico, como sempre, não fornecia o menor indício, enquanto o dr. Gurameto Grande trazia no rosto uma contida austeridade. A circunspecção, que lhe acentuava a corpulência, fora explicada das mais diferentes maneiras, até a derradeira especulação, estampada por um jornal humorístico, apresentando a reserva como um reflexo longínquo da irritação que Adolf Hitler teria manifestado quando seu amigo Benito Mussolini desembarcou na Albânia sem preveni-lo.

Por fim, passada a confusão das semanas iniciais, o dr. Gurameto Grande emergira com sua autoridade reforçada, o que alguns encararam como um paradoxo e outros como a consequência lógica das coisas, já que, independentemente da presença italiana e das desavenças entre o *duce* e Hitler, a Alemanha continuava a ser a grande aliada, sem a qual a Itália do dr. Gurameto Pequeno ficaria desamparada como uma órfã.

A orfandade se consumara precisamente naquele outono: devido à sua inesperada capitulação, a Itália perdera sua aliada. Rompimentos de alianças eram coisas conhecidas desde que o mundo era mundo, mas o que ocorrera à Itália fora especialmente funesto. E, como se não bastasse aquela desgraça, o irmão mais velho alemão, em vez de pelo menos ostentar alguma piedade, ficara furioso. Proclamara a Itália desertora, ofendera-a, humilhara-a e, por fim, como se tudo aquilo não bastasse, ordenara que os soldados do Reich abatessem a sangue-frio os aliados de ontem, como se executam os desertores.

Os acontecimentos se precipitavam com tal velocidade que até a própria cidade de Girokastra, escolada em análises amplas e complexas do quadro mundial, parecera perder o prumo.

Era tamanha a perplexidade que, pela primeira vez, não se fez uma conexão entre o que estava acontecendo e os dois drs. Gurameto. Entretanto, era uma situação que parecia caída do céu para isso: a Itália estava de joelhos; o Exército alemão avançava a partir do sul, vindo da Grécia, para não deixar um espaço vazio na Albânia; o dr. Gurameto Grande e o dr. Gurameto Pequeno continuavam, como sempre, ali bem no meio da cidade.

Porém, a oportunidade escapara. As pessoas balançavam a cabeça, suspiravam e a seguir, filosoficamente, concluíam que o inconcebível esquecimento era a melhor comprovação da dramaticidade dos fatos.

Quanto mais se meditava sobre o assunto, mais ele parecia confuso — para não dizer misterioso. A Itália se rendera. Isso não havia quem desconhecesse. Mas qual passara a ser o status da Albânia? Capitulara também, junto com a península? Ou havia ali algo por desemaranhar, algo que teimava em permanecer obscuro, resistindo a todas as tentativas de esclarecimento?

Algumas vezes a pergunta era formulada em termos mais simples: sendo a Albânia uma das três partes integrantes do império recém-derrubado, teria ela que suportar pelo menos um terço da fúria alemã?

Não era algo fácil de se responder. Que a Itália estava aguentando toda aquela cólera nas costas qualquer imbecil sabia, porém ninguém conseguia prever qual destino seria reservado aos dois outros componentes do império — a Abissínia e a Albânia. Alguns achavam natural que a ira se abatesse sobre os negros abissínios, como de hábito, enquanto outros consideravam que desancar os pobres negros de nada adiantaria, já que, com cólera ou sem cólera, eles viviam cada vez pior. Numa palavra, não havia escapatória, a fúria germânica iria desabar sobre a Albânia. Mais ainda quando o Exército alemão estava a menos de quarenta milhas de distância, provavelmente com água na boca como um lobo diante de um cordeiro.

A aflição já tomava conta da cidade quando aconteceu algo imprevisto que pôs fim às dúvidas. Certa manhã, dois aviões não identificados lançaram sobre a cidade milhares de folhetos. Estavam redigidos em dois idiomas, alemão e albanês, e explicavam tudo. A Alemanha não estava ocupando a Albânia, mas pedindo passagem. Apresentava-se como amiga. Longe de ter qualquer implicância com a Albânia, estava libertando o país da odiosa ocupação italiana. Ela devolveria à Albânia sua soberania violentada. Ela inclusive reconhecia a Albânia étnica, incluindo dentro de suas fronteiras Kossova* e a Chameria.** Ela...

---

* Pronúncia albanesa de Kosovo. (N. T.)
** Região no litoral noroeste da Grécia tradicionalmente habitada por albaneses. (N. T.)

As pessoas mal acreditavam em seus olhos. Era bom demais para ser verdade. E, no entanto, ali estava, por escrito, e não em uma, mas em duas línguas.

Depois que todos se certificaram de tudo e que os céticos lançaram mão de sua expressão costumeira — Como haverão de saber lá em cima o que acontece aqui embaixo? (designando com o "lá em cima" tanto os altos funcionários alemães como os aviões que soltavam os folhetos) —, ficou a impressão de que a cidade finalmente se livrava da angústia.

Um tanto quanto tranquilizadas, as pessoas se puseram a dar opinião sobre os folhetos. Como sempre, divergiam. Alguns elogiavam o modo de transmitir a notícia. Não parecia nem um pouco com as vigarices usuais — uma superpotência viola suas fronteiras, de noite, como um ladrão, e, logo pela manhã, sem um pingo de vergonha, diz: Você me atacou. Já aquela notificação, em pleno dia, fora uma coisa muito decente. Um comportamento de cavalheiros, por tudo que é sagrado, como quem oferece um cartão de visitas. E ainda por cima em duas línguas.

Seus patetas, diziam outros. Essa história de cartão de visitas é exatamente o pior desaforo que se pode fazer a um país. E mais ainda um país heroico como o nosso. Escute só, Estado albanês, amanhã cedo, às dez horas, aí estarei, venha me receber, não dê ouvido ao que dizem de mim, nem ligue para os canhões e tanques que trago, não se incomode, pois sou um alemão bonzinho, trago comigo apenas flores e cultura. Bando de idiotas, acreditam mesmo nessas baboseiras?

Ainda assim, é melhor mandarem um cartão de visitas que uma bomba, argumentavam os primeiros.

Uma terceira ala, dos que davam mais apreço que os demais às normas de conduta, manifestou outra preocupação. Era uma inquietação especial, tortuosa, como a de um gatão gordo, presunçoso e um tanto quanto sem-vergonha: Pois bem, a Alemanha disse o que pensa; mas e a Albânia? Que atitude vai tomar?

Essa pergunta tirou do sério as outras tendências. Em vez de darem graças a Deus porque o alemão não nos esborrachou como fez com a Grécia, ficam aí torcendo o nariz. E então citavam dois ou três provérbios, entre os quais nunca faltava o da cabra que come capim e arrota cevada.

Entretanto, os mais pacientes diziam: Esperem, esperem. E mostravam uns panfletos encontrados à noite nas portas das casas. Ainda que não possuíssem uma aparência elegante nem tivessem caído do céu (para não mencionar que eram escritos numa língua só), os panfletos contestavam os folhetos bilíngues de alto a baixo. Eles chamavam as pessoas a pegarem em armas, nem mais nem menos. Os alemães eram ocupantes maléficos, piores até que os italianos.

Todos mostraram incredulidade, mas mesmo assim se puseram a matutar. Ao que parecia, a Albânia se dividia entre duas atitudes, o que aliás não causava espanto em Girokastra. Era fato sabido que em certas ocasiões a cidade se considerava mais sabida que o resto do país. E aquele era exatamente um desses momentos, já que, como primeira cidade de porte por onde os alemães iriam passar, caberia a Girokastra lidar com eles, mais a sério que quaisquer outros.

2.

Havia diferentes explicações para a desenfreada megalomania daquela cidade. A mais difundida fazia referência ao seu isolamento. Os adeptos dessa variante, dando-se conta de que ela sozinha parecia insuficiente, apressavam-se em acrescentar que a palavra "isolada", no caso, requeria um complemento. A cidade estava cercada por vastas extensões que tinham laços frouxos com ela e a encaravam como um corpo estranho, para não dizer hostil. Ao norte, às suas costas, para além de uma montanha sem fim povoada de raposas e lobos, ficavam as aldeias da Laberia, que pareciam igualmente infindáveis devido à sua natureza rústica. Em frente, a leste, para além do rio e seu vale, estendiam-se as aldeias da Lundjeria, completamente apartadas, dessa vez pelo motivo oposto, o da fecundidade. Ao sul, depois do rio, dos dois lados do vale ficavam as aldeias da minoria grega, que, embora menosprezadas, perturbavam a harmonia espiritual da cidade pelo menos tanto quanto a de seus outros vizinhos. Era uma perturbação traiçoeira, que agia mais durante o sono que à luz do dia, raramente com e quase sempre sem motivo. Tal como uma tentação pecaminosa, relacionada com os camponeses gregos que trabalhavam como meeiros nas terras dos moradores da cidade, ela despertava nestes uma imagem deformada não só dos gregos, mas de todo e qualquer helenismo, inclusive o Estado grego, a política e até a língua.

Como se esse mosaico não fosse o bastante, bem no meio dele, mais especificamente entre a cidade e a zona minoritária, ficava Lazarat. Aldeia teimosa e brigona como aquela nunca existira. Como não se achava explicação para a implicância entre Lazarat e Girokastra, os cronistas se contentavam em opinar que as coisas não eram tão ruins assim, pois ao se concentrar contra a cidade a birra não se estendia à Albânia inteira.

Dizia-se que, nas noites mais escuras, as luzes da cidade, mesmo amortecidas pela distância, enervavam os lazaratenses a tal ponto que eles não se continham e disparavam contra elas suas espingardas.

Os cronistas mais razoáveis atribuíam a inimizade precisamente às altas moradias da cidade, em cujos andares superiores, conforme a crença, viviam as *senhoras*. De acordo com essa interpretação, como as casas altas não podiam perder pavimentos, nem as *senhoras* se converter em antissenhoras, o desentendimento assumia ares de fatalidade e aparentemente assim continuaria.

Já a cidade, acostumada com aquilo tudo, não buscava nem apaziguamento nem diálogo com quem quer que fosse. Qualquer outro centro urbano, confrontado com uma frieza tão grande e generalizada, buscaria, talvez, aliar-se a um lado contra o outro, por exemplo ao da Laberia contra a minoria grega, ou ao de Lazarat contra a Lundjeria. Ocorre porém que aquela cidade era menos sábia do que parecia, ou mais, o que no final das contas dava no mesmo.

Longe de buscar qualquer conciliação, à noite ela iluminava ameaçadoramente sua prisão, que ficava na parte mais alta da fortaleza, que, por seu turno, era o ponto culminante de sua rede de ruas. Com aquela impenitente iluminação, que viajantes já haviam comparado à da Acrópole de Atenas — porém pelo lado desfavorável —, Girokastra proclamava sua mensagem aos arredores: é aqui que vocês todos, labers e gregos, lazaratenses e lundjerenses, hão de padecer, sem piedade e sem trégua.

A ameaça nada tinha de vã, bastava recordar os trezentos juízes imperiais que haviam voltado para casa ao perderem seus empregos depois da queda do Império Otomano.

O regresso deles teria enraivecido qualquer urbe, por mais cordata que fosse, para não falar de Girokastra. Era o que se comentava à sua volta: se ela não se dá nem com a Lundjeria, não espere que seja afável com quem quer que seja. As aldeias lundjerenses se estendiam aos pés da cidade, do outro lado do rio, com suas igrejas repletas de luminárias e sinos para anunciar as Páscoas, seus regatos e suas moças de rara doçura. A cidade, embora às vezes parecesse uma velha pedreira cega, observava tudo ao seu redor. Periodicamente, moças solteiras ou recém-casadas desapareciam da Lundjeria. As buscas se prolongavam por toda parte, nas nascentes, ao pé da montanha, nos campos de pastagem, até que, tempos mais tarde, um murmúrio, leve como o roçar de cetins, asseverava que a desaparecida acabara no interior de uma das altas casas girokastritas.

Nunca fora comprovado se aquela cidade era ou não uma raptora de mulheres. Assim como jamais se verificara se as moças eram efetivamente raptadas ou se esvoaçavam como mariposas em torno das pesadas portas, até serem sugadas por elas um dia, e nunca mais saírem. Não se sabe o que lhes ocorria lá dentro. Eram felizes ali ou não? Entre as duas indagações erguia-se uma terceira: haviam se transformado em senhoras, como sonhavam? Ou há muito já não passavam de sonhos, nada mais?

Esse era o quadro na véspera da chegada dos alemães. O

antigo preceito, de que diante do perigo a Albânia caía em si e esquecia as desavenças internas, não se confirmara.

As opiniões se dividiam ao meio. Os comunistas, como se esperava, convocavam à guerra com todo ardor e urgência. Os nacionalistas eram contra, mas sem apetite por ardores nem urgências. Segundo eles, um excesso de paixão teria mais a ver com a Rússia que com a Albânia. Ainda segundo eles, o pequeno país não tinha motivo para se intrometer no conflito cegamente, sem levar em conta seus próprios interesses. A Alemanha era inegavelmente uma ocupante, mas a Rússia vermelha não seria melhor. Além do mais, a Alemanha trazia Kossova e a Chameria, ao passo que a Rússia nada traria, exceto kolkhozy.* Havia inclusive ocasiões em que as palavras "Albânia étnica" nos folhetos alemães, em vez de alegrar, tinham aborrecido os comunistas. Até parecia que o afã destes pelo combate vinha daí. E era algo natural, pois no comando deles havia dois ou três chefes sérvios, para os quais a expressão "Albânia étnica" era pior que a peste.

As divergências de opinião ganhavam força a cada hora. Os debates nos cafés da cidade eram mais cortantes que os das senhoras. Passe, senhor alemão, faça como você prometeu: transite. Não me toque e não o toco. *Achtung!* Quebrou as unhas na Grécia e na Sérvia? Problema seu! Entregue-me Kossova e a Chameria, *jawohl!***

Entre todas as suposições, aconteceu a pior. Às portas da cidade, na rodovia, a vanguarda de batedores da tropa alemã foi alvejada com armas. Não houve combate, longe disso. Foi uma simples emboscada.

As motocicletas dos três batedores fizeram uma aterrorizan-

---

* Referência às fazendas coletivas soviéticas. (N. T.)
** "Sim, senhor!", em alemão no original. (N. T.)

te meia-volta e regressaram ao ponto de partida. Os atiradores também recuaram, como se o bosque os tivesse devorado.

Um instante mais tarde a notícia irrompeu nos dois cafés da cidade. Como de hábito em circunstâncias assim, as pessoas trataram de ir logo cada uma para sua casa. Enquanto se despediam, trocavam seus últimos comentários, parte deles culpando os comunistas, que tal como de outras vezes tinham feito uma provocação e depois sumido, e outra parte contestando aqueles que tentavam a todo custo fazer as pazes com o lobo.

Antes mesmo que as pesadas portas das casas se fechassem, outra notícia correra: a cidade seria punida por sua perfídia.

O que deixara todos boquiabertos não fora a punição em si, mas sua modalidade nada usual: explosão. Era de apavorar, naturalmente, porém a primeira impressão que deixou foi menos de pavor que de vergonha.

As pessoas precisaram de um certo tempo para voltar a si. Então iriam lançar pelos ares as casas de pedra, os títulos de propriedade, os trezentos juízes imperiais, as residências das senhoras, e junto com elas as próprias senhoras, com suas sedosas camisolas de dormir, seus segredos e pulseiras, que tombariam por terra como pedrinhas de granizo.

As pessoas voltavam a suas querelas anteriores, como se desejassem afastar a intolerável perspectiva. Vejam só o que nos fizeram os comunistas. Vejam o que nos fizeram vocês, ao pensar que ficariam com Kossova e a Chameria. Não nós, vocês, quando fingiam que combatiam. Nada disso, nós combatemos e vocês ficam assistindo? Nós não falamos em combate, vocês falaram, vocês mentiram. Então, partimos para a guerra? Calma, fique aí. Lute, morra, mas não dê no pé!

Assim eram as disputas, mas, como brigar era cansativo, logo voltavam à pergunta não respondida: quem atirara nos alemães? O silêncio que se seguia não era menos opressivo, de modo que desejando ou não voltavam outra vez à forma do castigo: explosão. Era ruim, sem dúvida. Porém pior ainda era o outro mal, não mencionado e vexaminoso. Punição de cidades era algo que sempre acontecera, a ponto de parecer, pensando bem, que o mundo desde seus princípios fizera delas seu passatempo número um. Cercava-se a cidade, cortava-se a água, cortava-se a comida, disparavam-se canhões contra ela, rebentavam-se suas portas, derrubavam-se os muros, reduziam-se as casas a cinzas, arrasava-se tudo, chegava-se até a cobrir o chão de sal para que nem as ervas crescessem. Assim tombavam as cidades, com dor profunda, mas com hombridade — porém, deixar-se explodir já era outra coisa...

Por fim compreendeu-se de onde vinha o sentimento de vergonha. A tragédia residia em outro ponto: a semelhança com as punições reservadas às mulheres. Um castigo de mulher, será que ouvi direito?, perguntavam as pessoas sentadas à mesa. O cerne do problema era tão fácil de captar sem o uso da razão como indecifrável quando se recorria a ela. Ser explodido, demolido, deflorado, eram coisas que se aplicavam às mulheres. Numa palavra, a cidade, que sempre se orgulhara de viver com hombridade, estaria condenada a morrer como uma mulherzinha.

Seria finalmente a alegria das vizinhanças tantas vezes menosprezadas. Ou, quem sabe, elas até lamentariam, pela primeira vez na vida, mas — que fazer? — seria tarde demais.

Nesse ponto, não só as mentes mas também as vozes se deixavam abater. Só restava aos homens volver a cabeça para não caírem no choro junto com as mulheres, que, como mulheres que eram, já estavam aos prantos.

Aquilo que tombava junto com o crepúsculo ainda não tinha um nome. Eventualmente poderia ser chamado "silêncio", embora fosse mais profundo, e tão diferente deste último como o barulho.

Os que pretendiam deixar a cidade já haviam se retirado, alguns para as aldeias da Lundjeria, outros no rumo da grande montanha, onde, em sua opinião, encontrariam mais compaixão por parte das raposas e dos lobos.

O estrondo dos tanques de guerra era algo que já conheciam, ainda que, devido à longa espera, agora ele soasse distintamente, a ponto de muitos pensarem que o rumor prolongado era a própria explosão, só que uma explosão diferente, à moda alemã, ao que parecia de recente invenção.

Finalmente os tanques alemães apareceram, movendo-se em fila indiana ao longo da rodovia, ordenados e sombrios. O primeiro deles chegou em frente à ponte do rio, parou, girou em torno de si e apontou o canhão para a cidade. O segundo fez o mesmo, seguiu-se o quarto, o sétimo e todos os outros, um a um.

O significado daquilo que estava acontecendo repentinamente se fez claro, sem a mínima confusão; dir-se-ia que os tanques, junto com seu barulho ritmado, tinham trazido uma outra maneira de encarar o mundo. Antes mesmo que o primeiro projétil fosse lançado, os moradores haviam captado não só a mensagem, mas também tudo mais. A velha cidade atacara os batedores do Exército alemão. Seria punida conforme as leis da guerra, que não levam em consideração se ela era ou não uma urbe emproada, senil ou mesmo maluca.

Entretanto, o primeiro projétil já voava, por sobre os telhados.

A tortura prosseguiu por um bom tempo. Debaixo do assobio das granadas, que passo a passo iam se aproximando da periferia para o centro da cidade, as pessoas em seus abrigos pronunciavam o que pensavam ser suas últimas palavras, faziam testamentos verbais, rezavam.

Subitamente o bombardeio cessou. Os curiosos, que saíram primeiro dos porões para ver o que ocorrera, admiraram-se ao ver que ali fora ainda havia uma cidade, não ruínas como tinham imaginado. Mas aquilo era o de menos em comparação com a segunda novidade. Esta se vinculava à trégua no bombardeio, sendo portanto nebulosa e repleta de mistério. Alguém, entre os moradores, agitara um pano branco, de algum telhado que não se sabia ao certo onde ficava; em resumo, fizera o gesto de rendição aos alemães.

Foram muitos os que acreditaram no episódio, e outros tantos os que o chamaram de alucinação.

Enquanto isso, o bombardeio realmente silenciara, o estrépito dos tanques voltara a soar; apenas, agora, eles subiam lentamente em direção à cidade.

Tombava, finalmente, o crepúsculo, o momento em que as perguntas se faziam mais difíceis. Quem erguera o pano branco? A outra pergunta — quem atirara contra os batedores alemães? — agora parecia coisa simples, uma criancice. Predizia-se que rapidamente ela seria esclarecida, e até que no futuro muita gente haveria de se orgulhar do episódio. Ao passo que o sujeito do pano branco mergulharia cada vez mais fundo nas trevas.

Ninguém especificava ao certo nem o sujeito e nem mesmo a casa em cujo teto se erguera o sinal. Em algum lugar daquele lado, diziam, inseguros, aqueles que pensavam tê-lo visto. Outros faziam especulações sobre quem poderia ter sido. Apesar disso, quando chegava a hora de indicar um nome, ou pelo menos um telhado, todos davam de ombros, dizendo que aquela vergonha, se é que podia ser assim chamada, era do tipo que não pode ser suportada por um único homem ou um só teto.

Todos estavam de acordo nesse ponto, tão fortemente que, quando alguém encontrou por fim uma explicação nova para o episódio, uma explicação atenuante e diluente de culpas como o vento, todos se sentiram aliviados. A interpretação era de uma espantosa simplicidade: em vão se procuraria a pessoa ou o fantasma que supostamente hasteara o símbolo branco da rendição, ele jamais seria encontrado, pela simples razão de que o sinal não fora agitado por nenhuma mão de gente ou visagem, mas pela brisa de setembro. Portanto, fora a brisa de setembro, claro, que enfunara a alva cortina de alguma das janelas deixadas abertas enquanto os moradores se escondiam nos porões, puxara a cortina para fora da janela e agitara-a por duas ou três vezes diante dos alemães.

Numa palavra, os habitantes de Girokastra podiam finalmente ficar tranquilos, pois nem a covardia nem muito menos algum assomo de traição tinha gerado o sinal, fora unicamente a mão do destino, que, sob a feição da brisa, fizera o que tinha de ser feito. E fizera-o de modo tão perfeito que o vento, assim como pusera a cortina para fora, no mesmo impulso a retraíra e recolhera logo depois... De maneira que ninguém, mão, janela ou mesmo a casa onde se agitara o pano branco, jamais poderia ser identificado.

3.

O dia ainda era o mesmo, porém depois do dilatado prolongamento era difícil acreditar. O anoitecer. A segunda parte do dia. Sua parte de trás. Talvez a parte traiçoeira, aquela que por séculos a fio chegara sem ocultar sua antiga mágoa para com o dia, ou, falando com mais precisão, para com sua primeira parte, chamada de dia propriamente, para não mencionar a manhã. Assim, todo aquele rancor se acumulara para eclodir de repente naquela jornada de setembro.

Ao mesmo tempo, e apesar de tudo, era possível sentir algum tipo de gratidão para com o destino, por ter poupado a cidade de outros horrores, olvidados em tempos idos, tais como a Binoite, espécie de monstro do calendário, inimaginável, retalho de tempo sem qualquer ponto de comparação, vindo de não se sabe onde, talvez das profundezas do universo, expandindo-se entre duas noites e fazendo delas uma só, depois de estrangular o dia em meio a elas, tal e qual, nas antigas moradas girokastritas, se sufocava uma mulher desonrada.

Como se pode imaginar, o resvalar para semelhantes delírios mostrava que os moradores tinham perdido aquilo que mais os envaidecia — sua fria racionalidade. E aparentemente as coisas eram ainda piores. Não somente a frieza lhes escapara, mas talvez também a outra racionalidade, a pura e simples razão.

Ainda assim, mesmo com a mente reduzida à metade, eles tinham esperança de perceber umas tantas coisas. Sabiam, por exemplo, que a explosão fora trocada por um grande fuzilamento, embora ainda não se tivesse notícia de quais eram os desventurados a quem a morte esperava. Em algum lugar, sem dúvida, estavam em curso conversações em torno das exigências dos alemães; mas então a mente se dispersava sem lograr descobrir onde elas podiam estar ocorrendo e principalmente quem poderia estar conversando com quem.

Entretanto, outra coisa estava sendo comentada. E dizer que era algo inesperado seria pouco.

O que se comentava era realmente qualquer coisa extremamente especial, algo que começara como um mal, porém no último instante se transformara num bem. Dito de outra forma, uma espécie de rajada de metralhadora, porém com disparos completamente diferentes, como se houvessem inventado metralhadoras novas, que atiravam notas musicais.

Mas que metralhadora é essa? Parece com a música de Strauss, tinham dito os garotos da família Shamet, que tocavam na banda municipal. Além disso, imediatamente se compreendia que os disparos, ou acordes, ou ambos de cambulhada, não vinham da praça da prefeitura, mas da... da casa do doutor... do dr. Gurameto Grande.

Antes que dissessem que o dr. Gurameto perdera a cabeça, outra sensação tirou o fôlego das pessoas: remorso. Um remorso sem fundo e sem limites, por um esquecimento imperdoável: tinham esquecido os dois doutores, Gurameto Grande e Gurameto Pequeno.

O que acontecera, quando, por quê, como? Como, em meio à barafunda derivada dos eventos mundiais, da queda e ascensão de potências, dos rompimentos de alianças, mudanças de fronteiras e bandeiras, tinham omitido aqueles que em momentos assim jamais se poderia esquecer, o dr. Gurameto Grande e o dr. Gurameto Pequeno? Tinham deixado escapar a rivalidade, as comparações e sem dúvida as flutuações na autoridade dos dois, o que era o mesmo que perder a bússola, o barômetro que mostra a pressão atmosférica, os altos e baixos da temperatura, para não falar das cotações da bolsa, passando pelas desvalorizações monetárias, até a quebra dos bancos suíços no caso de ocupação alemã... Numa palavra, rompera-se a mola mestra, o mecanismo interno que toda cidade tem em algum lugar de suas entranhas e cujo tique-taque qualquer um podia ouvir, embora ninguém soubesse dizer de onde vinha.

Ali estava portanto a vingança do dr. Gurameto Grande. Esqueceram de mim, não é? Pois vão ver só se não enlouquecerei a todos! E bem no meio do silêncio o som do gramofone se erguia até a abóbada celeste.

A possibilidade, como a maioria das suposições nascidas da precipitação, logo se viu contestada. Uma coisa dessas não seria do estilo do dr. Gurameto, logo ele que era famoso por seu descaso pelas coisas.

O que acontecia então na casa dele? Tocavam música, isso qualquer imbecil podia entender. Mas por quê, em quais circunstâncias, com qual significado, era o que ninguém atinava.

Imediatamente duas novas conjecturas vieram à tona. Conforme a primeira, o dr. Gurameto estava fazendo uma desfeita aos alemães. Vocês nos ocupam? Pensam que nos amedrontaram, que nos puseram de joelhos? Qual nada! Vejam só, faço o noivado de minha filha bem no nariz de vocês, não adiei a data, nós albaneses, conforme a tradição, nessas coisas não mudamos nem a hora, quanto mais o dia, portanto faço de conta que vocês não estão aí e até, se desejarem, são bem-vindos, conforme nossos costumes, a porta está aberta para qualquer um, amigo ou inimigo.

Se fosse isso o que ocorria, o dr. Gurameto Grande era mesmo um gigante, meu Deus. Viva Gurameto Grande, o reabilitador da cidade!, bradavam as pessoas, embora em silêncio. E em seguida, não se esqueciam do oposto, Gurameto Pequeno, a quem naturalmente descompunham: Abaixo o Pequeno, que vá para o inferno, vergonha do bairro e da cidade!

Mas essa conjectura não teve vida longa. Conforme um novo mexerico, o dr. Gurameto Grande não estava festejando nenhum noivado de filha, e o jantar em sua casa, longe de ser qualquer afronta aos alemães, era oferecido a eles. Em outras palavras, ele convidara os estrangeiros para jantar, como se dissesse: Receberam vocês à bala hoje de manhã, na entrada da cidade? Pois eu, ao contrário, ofereço-lhes comida, bebida e música!

Parecia que a cólera contra o doutor jamais se apaziguaria. Muitos diziam que já esperavam que caísse a máscara daquele pró-germânico, enquanto outros o amaldiçoavam como o Judas da cidade, e ato contínuo cobriam de louvores o dr. Gurameto Pequeno, aquele baixinho, miúdo, que permanecia na sombra como todos os demais, humilde, mas heroico, meu Deus, uma honra para as duas Albânias!*

A residência do dr. Gurameto Pequeno permanecia escura e silenciosa. Não era difícil comprová-lo, assim como era óbvio constatar que na casa do dr. Gurameto Grande não só as luzes resplandeciam, mas a música soava cada vez mais alto e, como se aquilo não fosse o bastante, ouvia-se em meio a ela vivas e brindes em alemão.

---

* Referência à Albânia e a Kossova. (N. T.)

Como para dar algum alívio ao pesado fardo da traição, os adeptos do dr. Gurameto Grande retrocederam à suposição da demência. Que alguém enlouquecera naquela história era evidente. Só não se sabia ao certo quem era o doido, se Gurameto, os alemães ou todos juntos.

Enquanto isso, para o vexame dos admiradores do médico, os anti-Gurameto destilavam mais fel contra ele. Chegaram a ponto de teimar que as rajadas de metralhadora estavam sincronizadas com a música, alguns inclusive asseveraram que o fuzilamento dos reféns talvez já tivesse começado, não na praça da prefeitura, mas nos porões da residência do doutor.

Outros iam ainda mais longe, conjecturando que, de tempos em tempos, os comensais arrancavam do porão dois ou três reféns, escolhidos entre os mais execrados pelos alemães, como o judeu Jakoel, para fuzilá-los por pura diversão e bem na sala de jantar! Em outras palavras: fuzila-se, faz-se a autópsia logo na mesa de jantar, distribuem-se órgãos aos bravos soldados alemães e erguem-se brindes à amizade albano-germânica.

Esse transbordamento de fantasia, especialmente a imagem do dr. Gurameto Grande, instrumentos cirúrgicos em punho, estripando cadáveres durante o jantar, ajudou a trazer de volta mais depressa a razão perdida e a fazer com que a cidade recuperasse aquilo que mais a orgulhara, ao menos nos últimos seiscentos anos — a fria racionalidade.

Era fato que a casa do dr. Gurameto Grande resplandecia e retumbava com a festa e que, depois de Brahms, ouvia-se *Lili Marleen*,* mas era igualmente verdadeiro que na praça da prefeitura as metralhadoras permaneciam alinhadas, diante dos reféns algemados dois a dois, negras e luzidias na umidade da noite.

---

* Cançoneta de cabaré alemã que fez sucesso no Terceiro Reich como cântico guerreiro. (N. T.)

Fazia frio. O vento norte soprava cada vez mais agressivamente pela garganta de Tepelena, como costumava ocorrer em momentos graves. Os reféns continuavam ali, à espera. Nenhuma metralhadora fora ainda disparada e os soldados de capacete vez por outra voltavam as cabeças na direção de onde vinha a música. Com certeza também se assombravam; porém ainda mais espantados e perplexos com a música estavam os reféns.

Embora não se pudesse imaginar duas coisas mais díspares que aquela praça tenebrosa, no aguardo da morte, e o jantar do dr. Gurameto com suas canções e seu champanhe, rápida e inexplicavelmente ganhou corpo o pressentimento de que, mesmo que as metralhadoras e a música se opusessem, um misterioso fio as unia. Qual era o vínculo, e sobretudo se era benéfico ou malévolo, ainda não se sabia.

Entrementes, junto com os acordes do gramofone difundia-se em ondas a tortura das interpretações do jantar. A cidade guardava em sua memória secular vários jantares incomuns. Houvera-os de todos os feitios, festivos e trágicos, com convidados que se dispunham a saltar dos telhados de alegria, trocavam tiros em meio à bebedeira, raptavam a mulher do dono da casa ou jaziam todos envenenados ao amanhecer, junto com seus anfitriões. Entretanto, nenhum jantar se comparava ao daquela noite.

No afã de decifrar o segredo, outros e outros jantares vinham à baila, na maioria traiçoeiros, pois, ao que parecia, eram maioria entre os memoráveis. Ao escavarem mais e mais fundo no tempo, alguns recordaram a última ceia de Cristo, tal como fora narrada nas Santas Escrituras, convencidos de que ali encontrariam, finalmente, a chave do enigma. Estavam todos à mesa: o próprio Cristo, em sua celestial melancolia, os apóstolos e inclusive Judas Iscariotes. Ali pareceu que se aproximavam da verdade, mas tal como das outras vezes logo esta lhes escapou.

Via-se logo que o dr. Gurameto nada tinha a ver com o Cristo, menos ainda os convidados alemães. Suspirando e implorando — Perdoai-nos, Senhor, essas sandices —, tratavam de abandonar qualquer raciocínio.

Nos bairros afastados, onde as casas eram mais isoladas e as novas notícias chegavam com atraso, os moradores não tinham remédio senão se contentarem com as antigas. Ainda se desavinham, tal como uma hora antes, sobre as metralhadoras e a música, e Shaquo bei Kokoboboi, que outrora estivera por equívoco no front russo-prussiano, assegurava que a notícia era uma história da carochinha, pois ele conhecia o disparo de uma metralhadora Schwartz tão bem como o ronco de sua velha, já que provara suas balas no lombo. E quando os outros retrucavam que não se tratava das velharias da Primeira Guerra Mundial, mas de Schubert — Sabe quem é, Schubert? —, ele se encolerizava: Saiam para lá com seus Schubert e sérvios,* tudo não passa de lorota, ninguém nunca vai me convencer de que metralhadora é foxtrote e canhão é ópera.

Precisamente numa das casas isoladas veio à lembrança um jantar de outros tempos, conhecido através das gerações graças a lendas e cantigas de ninar crianças, que narravam que um pai de família, forçado por um pacto a convidar um desconhecido para a ceia, entregara ao filho o papel do convite junto com a recomendação. O filho, andando em busca de um forasteiro de passagem, apavorado com o caminho deserto que cruzava um cemitério, jogara o papel por cima do muro e afastara-se às pressas, sem saber que o convite caíra sobre uma sepultura. Mais tarde, de volta à casa, ele estava dizendo: Cumpri sua ordem, meu pai, no momento em que um morto apareceu à porta, com o convite para jantar na mão, aterrorizando os comensais e o

---

* Em albanês, *sherbet*. (N. T.)

dono da casa. Convidaram-me, aqui estou, não me olhem com essa cara!

Enquanto isso, o jantar do dr. Gurameto prosseguia. Ainda se ignorava o que acontecia lá dentro, quando uma boa notícia começou a difundir-se, distintamente das outras, como uma brisa primaveril, borboleteando com cautela, mais tênue que um arco-íris que qualquer evento poderia dissolver. Porém, mesmo o vento na garganta de Tepelena, que não se detinha diante de nada, parecia ter recebido ordens para ceder passagem e deixar a brisa chegar ao seu destino: estavam libertando os reféns.

A notícia era de tirar o fôlego. As palavras a custo penetravam no crânio. Os reféns... estão... não estão... sendo fuzilados... estão sendo... libertados. Queria dizer, não estavam tombando, crivados de balas, uns sobre os outros, lá na praça da prefeitura, mas indo embora, uns depois de outros, rumo a suas casas, meu Deus! E o milagre fora obra do dr. Gurameto Grande!

O apreço pelo médico não se continha. Os pulmões das pessoas pareciam a um passo de se liquefazer. Uma salva de palmas para o dr. Gurameto Grande, embora sem nos esquecermos do dr. Gurameto Pequeno!

Nunca antes o afã da comparação e a ascensão de um doutor em detrimento do outro tinham sofrido uma reviravolta tão alucinante. A cidade inteira devia agora cair aos pés do dr. Gurameto Grande, lavar os pés do médico com suas lágrimas, pedir perdão por suas suspeitas, e, ao mesmo tempo, voltar-se para condenar aquele que festejara prematuramente a queda do herói, o rival, o Judas, a vergonha da Europa, o dr. Gurameto Pequeno.

Depois de terem ajustado as contas com este último, as pessoas, como era de esperar, voltavam à questão fundamental. Fitavam de longe, com reverência, a residência iluminada do dr. Gurameto Grande, e a música que chegava de lá agora soava como uma coisa divina, até a velha construção assumia as feições não de uma morada qualquer, mas de uma catedral.

Com os ânimos mais ou menos apaziguados, as antigas curiosidades sobre os segredos das senhoras da cidade despertaram outra vez, entorpecidas pela inatividade. O que andaria acontecendo dentro da grande residência? Como estaria transcorrendo o jantar e tudo mais? Seria verdade que a dona da casa e sua filha valsavam com os alemães, enquanto o comandante destes, o barão Von Schwabe, trazia uma máscara no rosto?

Mais cedo ou mais tarde todas as curiosidades voltavam à pergunta primitiva, essencial e inevitável: o que seria na verdade aquele jantar, qualificado por alguns como "da vergonha" e por outros como "da ressurreição"?

Fontes desconhecidas, criados talvez, ou mensageiros que com certeza se assoberbavam naquela noite, iam finalmente trazendo à luz o enigma.

4.

Eis o que ocorrera. Naquela tarde memorável, depois que os tanques e blindados haviam escalado ruidosamente o morro e penetrado na cidade, até a praça da prefeitura, saltara de um dos veículos o comandante da divisão alemã, o coronel Fritz von Schwabe, condecorado com a Cruz de Ferro.

Ainda com as pernas entorpecidas, enquanto seus lugares-tenentes esperavam pelas primeiras ordens, ele fitara a paisagem de um modo que assombrara os camaradas. E, como se não fosse o bastante, com o mesmo ar ausente dissera, como se falasse consigo: Girokastra... Tenho um amigo aqui...

Os lugares-tenentes pensaram que ele pilheriava, atitude compreensível, ou incompreensível, depois de uma jornada tão longa e cheia de surpresas. Mas o coronel prosseguiu no mesmo tom de voz: Um grande amigo, um colega de universidade... o melhor dos amigos... mais que um irmão...

Os outros esperaram que ele por fim caísse no riso, como se costuma fazer depois de uma tirada assim, e dissesse: Estava brincando, e explicasse a pilhéria.

Nada disso aconteceu. Pelo contrário, o comandante, fitando seus auxiliares com uns olhos ensimesmados que eles nunca tinham visto, disse o nome do amigo, a faculdade que tinham cursado juntos em Munique e seu endereço na cidade: Dr. Gurameto Grande, aliás *Gurameto Grosse*, rua Varosh, número 22, Girokastra, Albânia.

Antes que voltassem a si da surpresa, os lugares-tenentes ouviram do comandante a ordem para que encontrassem e trouxessem imediatamente à sua presença o assombroso albanês.

Quatro soldados, em duas motos com sidecars, levando nas mãos as metralhadoras e o endereço, partiram ruidosamente em busca do homem.

Como os moradores ainda não tinham deixado suas casas, ninguém viu o que ocorreu: os soldados na casa do dr. Gurameto, batendo à porta e levando-o consigo.

Na praça da prefeitura, os lugares-tenentes tinham finalmente se convencido do que dissera o coronel quando repararam no nervosismo com que este esperava pelo amigo anunciado. Um fio de suspeita, sabe-se lá por quê, voltou então à vida. Seria mesmo o grande amigo, o irmão, mais-que-irmão? Ou alguém procurado para receber um castigo? Sem dar trela a suposições, mas curiosos, eles ficaram à espera para conferir se o famoso doutor receberia alguma alta condecoração ou seria fuzilado por sabe-se lá qual crime.

Os sidecars voltaram em rápida sequência, com a mesma barulheira ensurdecedora, que já não causava surpresa, pois a chegada do enigmático médico só poderia ter um feitio desses.

Não parecia ser um caso de condecoração nem de fuzilamento. Devia ser alguma outra coisa, justamente aquela que parecera inacreditável, sentimental, com ares do século passado, ou de bem antes, dos tempos da cavalaria.

A princípio o médico pareceu estancar, dir-se-ia que não

reconhecera o colega de faculdade (a passagem dos anos, o uniforme militar e especialmente duas cicatrizes na face talvez tenham dificultado o reconhecimento, comentou-se mais tarde), porém depois tudo correu como devia.

Os abraços, por certo a comoção, as lágrimas, eram de tal ordem que outras suspeitas distintas irromperam, para se dissolverem logo adiante... O coronel consultara um psiquiatra ultimamente?... Por outro lado... Uma efusão assim... tão... Ah, não, não... Não podia ser... Nem um nem o outro davam essa impressão... Apesar de tudo havia alguma outra coisa... Embora jovem e de patente não tão elevada, o coronel Von Schwabe tinha relações poderosas em Berlim, no coração do Reich... Podia estar sabendo de coisas que ninguém supunha... Talvez estivesse informado, por exemplo, de que esse doutor albanês poderia quem sabe ser nomeado... governador da Albânia...

Entrementes, os assomos de emoção prosseguiam. O encontro de um irmão perdido, tal como o descreviam as antigas sagas, não seria mais tocante.

Como se tivesse o mesmo pensamento, o coronel dizia ao médico qualquer coisa parecida.

Os Nibelungos, hein? O código de Lek Dukadjin, hein? Lembra do que você contou na Taverna da Viúva Martha? A *bessa*,* a hospitalidade albanesa...

Lembro sim, como não lembrar?, respondeu o dr. Gurameto Grande.

Também ele estava comovido, sem dúvida, porém uma sombra não explicada atravessava às vezes seus olhos.

O rosto do coronel também se contraía em certos momentos.

Sonhei tanto com este encontro, disse ele, pensativo. Quan-

---

* Código de honra albanês, que valoriza acima de tudo a palavra empenhada. (N. T.)

do me acontecia de contar a alguém sobre você e a Albânia, sobre o que lera sobre ela em Karl May* e o que você me contara, com certeza me tomavam por louco... Porque não conheciam o que nos une... Não sabiam que, quando pensei que rendia a alma, foi em você que pensei... Tanto que em certo momento acreditei que era você e não nosso médico militar quem me operava... Lembra quando me contou um sonho aterrorizante, em que tinha a impressão de operar a si próprio?... Pois assim me pareceu... Que você me operava... Ainda que o bisturi estivesse nas mãos de um outro... Portanto, você me salvou... Deu-me a vida... Você me chamou... Trouxe-me de volta da morte.

Subitamente interrompeu o relato e levou a mão à testa, ali onde ficava uma de suas cicatrizes. Quando voltou a falar, foi numa voz pausada, quase lúgubre.

Assim, portanto... Quando recebi a ordem... Quando me disseram: Tome sua divisão de tanques e vá ocupar a Albânia... meu primeiro pensamento foi para você. Não se tratava de ocupar, mas de salvar a Albânia, uni-la ao Reich eterno, e, naturalmente e antes de mais nada, encontrar com você, meu irmão... E assim parti, cheio de alegria, para o país da *bessa* de que você me falara...

Interrompeu-se de novo, dessa vez por um longo intervalo.

Em sua cidade, doutor Gurameto, atiraram contra mim.

Agora sua voz estava rouca e o rosto severo.

Os lugares-tenentes acompanharam, sombrios, a frase de seu coronel. O dr. Gurameto Grande ouviu-a petrificado, sem nada dizer.

Alvejaram-me traiçoeiramente... Quando meu batedor, às portas da morte, deu a notícia — Atacaram-nos! —, meu primeiro pensamento foi novamente para você. Por culpa minha, pois

---

* Romancista de aventuras alemão (1842-1912). (N. T.)

lhe dei crédito, movido pela emoção, levianamente, eles tinham partido rumo à morte. Não faço segredo de que bradei, com tremenda cólera: Gurameto, traidor, onde está sua *bessa* albanesa? Onde?

Então é aí que chegamos, quase gritaram os lugares-tenentes do coronel... Haviam atingido o ponto que desconfiavam desde o início. O dr. Gurameto Grande estava perdido.

O médico permanecia estático, sem responder. A voz do coronel ia ficando cada vez mais estrangulada.

Enviei-lhes a notícia. Atirei pelos ares milhares de folhetos. Estava vindo como amigo. Receba o amigo, ó dono da casa! A resposta foi o batedor que voltava nos estertores da morte. Quando vi meus soldados com as cabeças pendendo dos flancos das motocicletas, não escondo, tive ganas de gritar: Onde foi parar tudo aquilo que conversamos na Taverna da Viúva Martha? Onde está sua *bessa*, Gurameto? Por que não fala?

O médico por fim conseguiu dizer:

Eu não alvejei você, Fritz.

Então, não me alvejou? Pior ainda. Seu país me alvejou.

Eu respondo pela porta de minha casa, não do país.

Dá no mesmo.

Não dá no mesmo. Eu não sou a Albânia, assim como você não é a Alemanha, Fritz.

Não?

Nós somos uma outra coisa.

O coronel baixou os olhos e assim permaneceu por um tempo, pensativo.

Outra coisa, murmurou. Bela expressão. Você é assombroso, Gurameto. Sempre foi assim, especial. Você é um super-homem, não? Quer dizer, não é deste mundo.

Tampouco você, Fritz.

Você quer dizer que é por isso que não nos entendemos com os outros?

Talvez. Eu continuo o mesmo que era.

E eu, não? Acredita que o uniforme que envergo, as feridas que sofri, a Cruz de Ferro, me modificaram? Pois eu afirmo: nem um pouco.

Se é assim, Fritz... Se você permaneceu o mesmo, eu o convido para jantar em minha casa, conforme o código de que falávamos. Hoje.

O coronel levou de novo a mão à fronte, como se o tivessem golpeado. Tinha um olhar gélido, um olhar que parecia dizer: Comparecer a um jantar, no lugar onde atiraram em mim pelas costas?

Antes de dar a resposta abraçou Gurameto, porém dessa vez com frieza. O médico, tomando o abraço como uma recusa ao convite, tensionou o dorso. Mas para seu espanto a resposta foi outra.

Dou-lhe minha palavra de que irei. E depois, aproximando-se de seu ouvido, sussurrou: Não acredito que você vá quebrar sua *bessa*.

Pronunciou a última frase parte em albanês e parte em alemão arcaico.

Quando a noite caiu sobre a cidade, o dr. Gurameto Grande sentiu-se tomado de uma aflição imensa, nunca vista. Enquanto escutava os ruídos dos preparativos para o jantar, parado no vestíbulo do segundo andar, o médico fitava a porta da frente da casa, onde o convidado iria bater.

Ele chegou precisamente na hora combinada, sem que nenhum rumor ou agitação o precedesse, para espanto geral, como se houvesse voado por sobre a cidade de modo que ninguém o notasse.

Foi exatamente dessa forma que o dono da casa interpretou

aquele silêncio, e portanto sua primeira pergunta ao convidado foi se seria melhor fechar as cortinas e desligar o gramofone.

Para assombro do médico, o outro respondeu que de forma alguma. Quando o coronel Fritz von Schwabe atendia a um convite, e mais ainda na Albânia, as lâmpadas deviam brilhar e a música ecoar conforme os costumes locais.

Você me convidou para jantar, aqui estou!, disse numa voz sonora.

Risonho e ativo, galgou as escadas, seguido por seus ordenanças, atrás dos quais vinha um soldado com uma caixa de champanhe.

Assim penetraram no vasto salão, onde beijaram as mãos da dona da casa e de sua filha, sem esquecer de um breve cumprimento ao genro.

A disposição dos recém-chegados no salão, a abertura do champanhe e a escolha das músicas para o gramofone ocuparam um bom tempo. Um certo constrangimento, quem sabe provocado por ser a primeira vez que uma residência albanesa recepcionava militares alemães, ou porque estes últimos nunca tinham tido aquela experiência, foi superada quando os convivas tomaram assento à mesa de jantar.

Desde o primeiro momento pareceu que as coisas correriam bem. Os comensais trocavam brindes, os sons da refeição se harmonizavam com o borbulhar do champanhe e este último com as conversas que se cruzavam, livres de dilatações aborrecidas ou cortes abruptos. Algumas vezes o coronel e o dono da casa conversavam à meia-voz, sem esconder que se comoviam com as recordações estudantis, inimagináveis sem a menção de bebidas e mulheres, enquanto a sra. Gurameto dava a entender, com seu olhar sorridente, que não se importava nada com aquilo.

Meu Deus, exclamou o coronel um pouco mais tarde. Não chegou a altear particularmente a voz, mas mesmo assim logo se fez silêncio. Meu Deus, repetiu ele, por quantas semanas, e meses, sonhei estar numa casa assim...

Seus olhos voltaram a se umedecer. A voz abrandou-se, tal como ocorrera à tarde na praça da prefeitura.

Tantas semanas, tantos meses, prosseguiu, em tom mais baixo, errando pela Europa devastada, cercado pela morte e pelo ódio, em que sonhei viver um jantar como este... Gurameto, meu amigo, há pouco, quando eu disse que pensava em você por dias a fio, talvez você tenha achado aquilo um exagero. Mas, acredite, fui sincero... De todas as moradas possíveis deste abominável continente onde sonhei fazer uma refeição, em primeiro lugar, acima de todas, estava a sua casa.

Acredito em você, respondeu pausadamente Gurameto.

Obrigado, irmão... Era algo duplamente atrativo: por ser sua casa e por ser albanesa. Tal como você descrevera. Lek Dukadjin... Conceda-me sua *bessa*, ó dono da casa! Que fórmula majestosa. O tempo todo eu pensava, não por acaso, em nossos remotos costumes germânicos, semelhantes aos de vocês... Aqueles códigos que o mundo esqueceu, mas nós haveremos de reavivar... Assim falava eu comigo, enquanto perambulava pela Europa petrificada pelo inverno... Tínhamos tudo, tudo conquistávamos, mas algo nos faltava...

Um dos oficiais tentou aproveitar a pausa para erguer um brinde, mas o olhar do coronel fez com que deixasse a taça em seu lugar.

Sua fala ia se tornando cada vez mais penosa.

E, como já disse, quando recebi ordens de ocupar... digo, de... unificar a Albânia, meu primeiro pensamento foi: vou encontrar com meu irmão. Vou achá-lo. Esteja onde estiver. E eis que aqui estou. Mas você...

Você...

Os comensais trocavam olhares, em seguida procuraram os

olhos do anfitrião, como se buscassem ajuda para evitar aquele transe.

O dr. Gurameto voltara a fechar a cara.

Você me alvejou, Gurameto... pelas costas, à traição...

Eu não, disse o médico, placidamente.

Eu sei. Mas você sabe melhor do que eu que o código de Lek Dukadjin... o código de vocês reclama que o sangue se pague com sangue... Sangue alemão foi derramado... O sangue nunca se esquece.

Com os olhos cerrados, o dr. Gurameto esperava a sentença.

Oitenta reféns vão pagar por aquele sangue. Enquanto nós jantamos, eles estão sendo arrebanhados, de porta em porta...

O rosto do dono da casa permanecia estático. Ele ouvira falar de alguma coisa, porém pensara que a ordem seria cancelada.

Todos estavam à espera de sua resposta. Sentiam que algo brotaria daquelas feições pétreas. Que ele, por exemplo, indagaria: Por que você me diz isso? Ou: Convidei-o como amigo, respeite-me da mesma forma que eu o respeito. Ou que simplesmente recitaria a velha fórmula sobre mesas desonradas. Depois do que, conforme o código, sairia à janela para anunciar à cidade que o hóspede alemão afrontara sua hospitalidade.

O dr. Gurameto Grande nada pronunciou de semelhante. O que iria dizer era bem distinto, sentia-se, porém algo mais diferente ainda ocupava sua mente.

Na verdade não se tratava de um pensamento. Era simplesmente um lampejo imprevisto, incongruente, inconveniente, que irrompia em seu cérebro e parecia conectado com o espantoso sonho mencionado pelo coronel horas antes, na praça da prefeitura. Subitamente, o sonho veio-lhe à memória com uma clareza ofuscante: ele, deitado na mesa de cirurgia, dando-se conta de que o médico que o operaria era ele próprio. Assombrara-se, na medida em que alguém consegue assombrar-se num sonho, e até mais forte, especialmente com a fisionomia do outro eu. Esta não deixava transparecer se ele o identificara. Chegara a querer exclamar: Sou eu, não me reconhece?! Entretanto, o cirurgião, empunhando o bisturi, fizera um gesto de reconhecimento, porém muito tênue, como ocorre quando se encontra alguém enfadonho, e ele novamente tivera ganas de dizer: Cuidado, por piedade, não vê que sou eu, quer dizer, você mesmo? Porém o médico já pusera a máscara cirúrgica e agora era preciso decifrar a expressão por trás da máscara. Era uma expressão cambiante. Às vezes deixava entrever que sim, naturalmente, teria compaixão dele, de si próprio; em outros momentos, ao contrário, de que poderia apiedar-se de qualquer um exceto ele.

Desejaria dizer: Por quê?, mas a anestesia não deixava. A expressão da máscara tornava-se cada vez mais severa: Agora que você caiu em minhas mãos, vai ver só o que lhe farei.

A tortura prosseguia. Eu estava brincando: você é eu, como poderá fazer mal a si próprio? E logo a seguir: idiota, ainda não aprendeu que o pior inimigo de alguém é ele mesmo? Nunca notou que dos outros se pode talvez escapar, mas jamais de si próprio? E a máscara se inclinava sobre ele, para fazer o primeiro corte de bisturi, no exato momento em que ele despertava com seu próprio grito.

O coronel dizia mais alguma coisa à mesa de jantar, embora a voz soasse tão longínqua que ele não estava certo de distinguir as palavras. Você me deu a vida, Gurameto. A voz soava abafada, bem baixa: Trouxe-me à vida, para sua desgraça.

Naturalmente, a desgraça de Gurameto era o que estava ocorrendo. Desde já, com toda certeza, a cidade inteira o considerava um traidor. E assim ele seria relembrado mais tarde, nos dias que viriam, nos meses, nos anos, talvez até depois de morto.

Ele tinha ganas de gritar, como fizera em seu quarto de es-

40

tudante durante o sono, para escapar daquele pesadelo. Por fim, abriu a boca. Porém, no lugar de um grito pronunciou apenas um par de palavras, e tranquilamente:

Liberte os reféns, Fritz.

Toda a cena em torno da mesa congelou-se.

*Was?**

O dono da casa fitou o hóspede com tristeza.

Liberte os reféns, Fritz. *Libera obsides!*

Você ousa?...

Um nó na garganta não permitiu que o coronel prosseguisse.

Você ousa dar-me ordens?

Todos conheciam o que viria antes mesmo que ele o pronunciasse.

As cicatrizes se avermelharam, depois empalideceram em sua face.

Então você se atreve até a repetir a frase em latim? Você é louco, Gurameto.

O dono da casa fez um movimento de ombros que poderia ter diferentes significados.

O coronel se aproximou de sua face, como para verificar se se tratava efetivamente do dr. Gurameto Grande ou se tinha diante de si um estranho.

Se você não fosse...

Embora o coronel deixasse a frase por concluir, todos compreendiam o que queria dizer. Se você não fosse meu colega de faculdade, aquele da taverna, da Europa devastada etc., haveria aqui uma carnificina.

Por fim ele se conteve e, em vez de terminar a frase, pôs a mão sobre o ombro de Gurameto, como se faz com uma pessoa perturbada, para tranquilizá-la.

---

* "O quê?", em alemão no original. (N. T.)

Num tom baixo, quase acariciante, acompanhado por um sorriso malicioso, disse:

Você me deu uma ordem numa língua morta. Qual o significado disso, querido amigo?

Gurameto sacudiu a cabeça num gesto de negativa, mas não ficou claro o que estava negando.

Os outros oficiais sentados à mesa acompanhavam a cena com olhos esbugalhados. Suas mãos passavam periodicamente dos revólveres para as taças de champanhe e vice-versa.

O coronel repetiu a pergunta, acrescentando: Será devido a algum menosprezo pelo idioma alemão?

Gurameto fez que não com a cabeça.

Eu gostaria de saber, insistiu o coronel. Meus oficiais também.

A explicação de Gurameto era nebulosa. Não tinha nada a ver com o alemão. Ele sempre gostara do latim e continuaria a gostar tal como antes. Se usara o latim fora algo espontâneo, irrefletido. Talvez por saudades dos tempos de estudante. Quando eles empregavam aquela língua para falar de seus segredos. Além disso, uma língua neutra... que paira acima dessas tempestades... entre nós... Uma língua que havia séculos não era usada para dar ordens...

O coronel ficou pensativo por algum tempo. Depois bebeu do champanhe.

Você solicitou que eu soltasse os reféns, disse num tom pausado. Dê-me o motivo!

Eles não têm culpa, respondeu o médico. Não tenho outro motivo.

Evocou as portas onde estariam batendo agora. Enquanto as famílias jantavam. Como seriam escolhidas as portas? Estaria escrito nelas o sinal da culpa?

O coronel respondeu que, como em qualquer ação punitiva, as portas eram escolhidas ao acaso: uma em cada dez.

A conversação parecia ir morrendo quando repentinamente o coronel ergueu a voz.

Doutor Gurameto, você reclama de mim aquilo que eu também reclamo: justiça. Escute-me: quem alvejou meus batedores? Entregue-me os culpados para que eu devolva os reféns. Imediatamente. No mesmo instante, dou-lhe minha palavra... Pela *bessa* de Lek Dukadjin.

Gurameto não contestou.

O coronel bradou:

Fiz meu pacto com a cidade. O pacto está em vigência. Dê-me os culpados e eu liberto os reféns.

Gurameto permaneceu em silêncio e o coronel aproximou-se de sua fronte.

Caso a cidade não os entregue, aponte-os você.

Gurameto não respondeu.

Gurameto, meu irmão, disse o coronel num tom suave. Não quero derramar sangue albanês. Vim como amigo... com promessas... com presentes... mas vocês me alvejaram.

A voz voltou a se tornar ansiosa, entrecortada.

Os olhares dos dois, até então fixos como pregos, começaram a se evitar.

Dê-me o diabo daqueles nomes, disse o coronel, quase numa súplica. Entregue-os e os reféns serão seus, num instante.

Gurameto fez que não com a cabeça, mas sem presunção.

Não posso, disse. Mesmo que quisesse, não poderia. Não os conheço.

O coronel fitou-o cheio de fadiga.

Não sei os nomes porque eles não têm nomes.

Ah, não, você troça de mim.

Não troço, Fritz. Eles não têm nomes. Têm apenas apelidos.

Um dos oficiais, aparentemente da Gestapo, aquiesceu com um gesto.

O coronel estreitara a fronte entre as mãos quando o dono da casa aproximou-se de seu ouvido, tal como no início do jantar, quando se comoviam com os segredos da Taverna da Viúva Martha.

Assim ficou, a ouvir, por um tempo, depois disse quase num sussurro: Gurameto, você conhece grandes mistérios, coisas que ninguém sabe ainda.

A resposta do dr. Gurameto foi de tal natureza que mais tarde tomaram-na como inacreditável:

Leve-se em conta, aqui, que partes inteiras do episódio, se não o jantar como um todo, seriam postas sob suspeita.

A assombrosa resposta de Gurameto fora: Tanto pior para você. Liberte os reféns.

Não posso. Agora era o coronel que empregava a palavra.

Pode, retrucou Gurameto. Você sabe que pode.

Não.

Sabe que pode.

Se não os nomes, dê-me pelo menos os apelidos, disse o coronel com a voz alquebrada.

Os outros, sem nada entender, acompanhavam a desconcertante discussão.

Ora um, ora outro, os interlocutores se alternavam em assumir ares de culpa. Os sussurros ao pé do ouvido haviam confundido as coisas a ponto de não se distinguir quem dava ordens a quem. Sem dúvida o dr. Gurameto Grande era alguém totalmente distinto do que tinham imaginado. Não seria difícil imaginá-lo como futuro governador, tal como haviam suposto na praça da prefeitura. E quem sabe não de uma, mas das duas Albânias.

A troca de palavras entre os dois ocultava entretanto um sofrimento. O que um exigia do outro em certos momentos parecia palpável, mas subitamente se mostrava impossível. Ambos pareciam prisioneiros de uma grande armadilha da qual não podiam escapar.

O dr. Gurameto Grande era por certo um mistério. O título de governador não lhe seria indevido. Quem sabe governador da Grande Albânia, para não dizer dos Bálcãs inteiros. *Ach so!** Era o que indicava seu comportamento. Eles nem sequer se admirariam caso o coronel passasse a empregar o título de Vossa Excelência.

As falas de Fritz von Schwabe não chegavam a isso, mas também não estavam tão longe.

Vou dar-lhe sete reféns, disse ele numa voz cansada.

---

* "Estou vendo!", em alemão no original. (N. T.)

5.

Naquele momento tornou-se mais ou menos evidente que o episódio projetava duas imagens distintas. Uma interna, dentro da casa do dr. Gurameto Grande, e outra externa, na cidade. Até então dissociadas, elas repentinamente começaram a trocar pontos de contato num ritmo febril, delirante. Nessa interpretação, ambas se transformavam, dilatavam, consumiam, volatilizavam, numa palavra refletiam na imagem oposta aquilo que na verdade não eram.

Ainda assim, uma notícia permanecia sempre a mesma: havia de fato reféns libertados.

Eles se afastavam como sombras da praça da prefeitura, sugados por ruas e ruelas onde os esperavam portas desde cedo entreabertas.

Por toda parte escutavam-se conversas sussurradas: Cuidado, não fale alto, não faça barulho, não comemore, pois ninguém sabe o que ocorreu. Eles podem mudar de ideia e pegá-los de novo.

Era o momento de se recordar uma enormidade de histórias de reféns que por anos a fio tinham ficado esquecidas. Cada um tinha seu estilo próprio nessa esfera. Os turcos otomanos diferiam das tropas de Mussolini e estas últimas em nada se assemelhavam aos bandoleiros albaneses, que se distinguiam dos macedônios, e estes dos ciganos. A pluralidade se repetia nos casos de reféns de governantes; tudo que o paxá de Janina tivera de apavorante temeridade, seu colega de Berat possuíra de vagarosa ponderação — o que não o impedia de devolver as cabeças de seus reféns em bandejas, depois que o prazo expirava.

Todas aquelas lembranças convergiam certamente para uma só indagação: o que os alemães tinham obtido para processar as libertações? É bem sabida a essência de qualquer história de reféns. Devolva-me a mulher que você raptou e eu liberto o refém. Quer o refém? Entregue-me o dinheiro, o assassino, os tapetes persas, os sujeitos que atiraram em meus batedores.

A exigência dos alemães estava bem visível, preto no branco, em avisos afixados por toda parte: digam os nomes dos terroristas e podem ficar com os reféns.

Uns tantos detalhes sobre a conversação a respeito dos nomes haviam escapado da casa de Gurameto. Que os comunistas não tinham pátria nós sabíamos desde os tempos do sr. Marx, porém que não tivessem nome é algo que só aprendemos agora em nossa primeira noite na Albânia.

A partir daí o comentário naturalmente desaguara nos apelidos, que pareciam ser uma praga na cidade. Para os moradores aquilo não era novidade. Você tomava o café com um sujeito e eis que de repente ele entrecerrava os olhos e lançava a bomba: Escute, até hoje eu me chamava Tchelo Nallbani, mas saiba que de agora em diante sou o Lobo, ou o Polo Norte.

A história dos apelidos era talvez mais recente que aquela dos reféns, porém não menos cheia de originalidade. Havia alcunhas facilmente perceptíveis, com uma certa lógica, como a de Relâmpago ou a de Bofete, porém outras não tinham pé nem cabeça: Vitamina C, Toca-o-bandolim, para não falar dos apelidos extensos, como "Na-ruela-onde-o-acaso-nos-uniu-sabendo-grego-você-não-dá-bom-dia"; estas pareciam verdadeiras charadas mas atrapalhavam a comunicação por escrito, por exemplo: "Diante da provocação do inimigo fulano, Naruelaondeoacasonosuniusabendogregovocênãodábomdia respondeu isso e aquilo".

Compreendia-se que naturalmente os alemães não teriam ficado de mãos vazias. Quanto a saber se tinham de fato arrancado algum nome, ou se contentado com simples apelidos, segundo o provérbio de que quem não tem cão caça com gato, não havia informações. Alguns julgavam que, sendo tão nazistas assim, eles podiam ter arrancado os dois, nome e apelido, como quem compra a farinha junto com a palha.

Por mais que os comentários divagassem, não tinham como evitar o xis do problema: independentemente de que fossem nomes ou apelidos, ou os dois juntos, era ou não era traição aquilo que o dr. Gurameto Grande estava fazendo?

Todos sabiam que os dois campos opostos jamais haveriam de se entender, mesmo que a controvérsia continuasse por mil anos. Percebiam que ambos até se uniriam contra os adeptos da terceira via, que nunca faltam em casos assim, partidários, como conciliadores que eram, de que é difícil alguém de fora julgar quem está dentro, ou vice-versa, e assim por diante, até que a barafunda se agravava outra vez e aparecia alguém para dizer: Mas afinal o que se passa lá dentro?

As suposições mantinham duas alternativas: uma do dr. Gurameto risonho, com a taça de champanhe em punho, em outras palavras bêbado de cair, para ficar na esfera dos apelidos; e a outra, do Gurameto sombrio e dramático, se é que não estava algemado e com um revólver na cabeça, enquanto o outro, o dr. Gurameto Pequeno, tremendo feito vara verde, com certeza andava escondido debaixo da saia da mulher.

Outro punhado de reféns foi libertado e dispersou-se como uma coleção de sombras. Além dos murmúrios — Não faça barulho, não festeje, não se alegre antes da hora —, a libertação trazia consigo necessariamente o conhecimento de qual parte dos reféns recobrara a liberdade e qual não; e em consequência uma outra percepção, de quantos nomes, ou apelidos, seria preciso entregar para que todos se vissem livres.

Imediatamente se reavivou a velha mania de fazer contas, que acompanhava a cidade geração após geração. Com rapidez fulminante surgiam as projeções sobre quantos reféns podiam escapar da praça em troca da entrega de um nome, e quantos no caso de um apelido. Estes últimos, naturalmente, eram uma moeda depreciada no cotejo com os nomes, mais ou menos como acontecia com o franco comum e o franco-ouro.

Outras pessoas, em vez de se interessar pela cotação dos reféns-nomes-apelidos, tinham concentrado sua atenção nas músicas que vinham da residência de Gurameto, buscando descobrir se elas continham algum sinal. Quer dizer: a música tivera alguma alteração na hora das entregas de reféns? Tornara-se, digamos, mais alegre, ou, ao contrário, agourenta, ou ainda permanecera tal como antes? Às vezes parecia que sim e às vezes que não.

Quando o terceiro grupo de reféns, o maior deles, foi solto completamente de surpresa, a maioria se convenceu de que os alemães tinham realmente enlouquecido ou a traição do dr. Gurameto Grande ultrapassara todos os limites. Entretanto, os adeptos deste último, embora minoritários, eram tão ardorosos e estavam tão exultantes que acreditavam no dr. Gurameto Grande como o mais célebre libertador de reféns da história, e até que, justamente durante o jantar, chegara de Berlim sua nomeação como governador da Albânia. Somente assim, e jamais pela traição, seria possível explicar o milagre que ocorria. Sempre conforme os adeptos, a cena do revólver na cabeça possivelmente fora verdade, porém jamais nos termos em que fora pintada. Alguém encostara o revólver na cabeça de alguém, mas não fora o coronel Fritz von Schwabe, e sim, ao contrário, o dr. Gurameto Grande quem, de arma em punho, dera a ordem: Liberte os reféns, Fritz! Esses entusiastas eram taxados de malucos. Mas isso não impedia que a esperança na completa libertação dos reféns, até a meia-noite, se difundisse por toda parte.

Todavia, como se diz nos antigos escritos, não te rejubiles, jubiloso: justamente quando a esperança chegava ao auge, foi como que cortada à faca. A novidade atravessou a porta da casa onde soava o gramofone, fria e contundente. *Stop! Halt!*, tinham dito os alemães. Já fizemos demais por esta cidade! E haviam acrescentado que a fidalguia germânica, os Nibelungos, Beethoven e tudo mais, inclusive a clemência teutônica, tinham limite. Jamais eles haviam feito tanto por alguém. Basta!

O que acontecera? Qual a razão da reviravolta?

Buscou-se o motivo, tal como sempre, nos velhos pecados albaneses. Os raptos de mulheres, sem dúvida, dos quais se dizia que cada um fazia secar uma nascente. As repetidas expedições militares, a toque de caixa, que semeavam cinzas e luto na vizinha Grécia. O incêndio de Voskopoia, em que Girokastra, apesar de distante, não podia protestar inocência. E por fim os juízes imperiais, em cujas canastras, ao lado de correntes de relógio de prata, jaziam antigos decretos repletos de apavorantes sentenças.

Esses eram os pecados exteriores, ruidosos e escancarados, porém bem mais corrosivos eram os pecados interiores, privados e umbrosos. Toda a alvura daqueles tecidos, rendas e cortinados, vez por outra, em vez de deslumbrar provocava calafrios, ao evocar os incestos, as donzelas violentadas, os anciãos que rendiam a alma sob um antissol, nos desvãos de enormes aposentos. Não eram coisa fácil de esquecer.

As imaginações passavam todas aquelas razões em revista, questionavam-nas e abandonavam-nas uma a uma, até que o motivo do impasse foi achado: o judeu Jakoel.

Ele fora ignorado realmente ou deixado de lado na esperança de que, longe das atenções, passaria oculto em meio à multidão?

Não havia qualquer indício de que os alemães tinham se inteirado de que, na redada dos reféns, caíra casualmente um peixe raro. Isso não impedia que se fantasiassem dramáticos colóquios entre o dr. Gurameto Grande e Fritz von Schwabe:

Dr. Gurameto Grande, você quebrou nosso pacto. Aqui há um judeu.

Judeu? E daí?

Daí? Você sabe: eu não liberto judeus.

Judeu, albanês, é o mesmo.

Não é o mesmo, Gurameto. Não, não e não.

Você sabe, Fritz, que um albanês não trai um amigo. O judeu é um amigo nesta cidade. Você sabe que não se entrega um amigo.

Lek Dukadjin proíbe?

Já conversamos sobre isso outra vez, lá na taverna. Faz mil anos que é assim.

O coronel titubeia. Depois faz um gesto de negação.

Lek Dukadjin, inimigo do Reich. Eu solto todos, menos o judeu.

Não.

Sim.

Já conversamos... lá na taverna, diz Gurameto numa voz surda. Só se você não é mais o que era então.

O estrépito de um raio diante do coronel não causaria um abalo tão tremendo quanto o daquelas palavras.

Dr. Gurameto Grande, você põe em dúvida se eu sou quem sou?

Os olhares dos dois, gélidos e penetrantes, estão cravados um no outro.

Não duvido, diz Gurameto num tom fatigado. Você é o mesmo daquele tempo.

Embora respire aliviado, Fritz von Schwabe neste exato momento põe a máscara.

As horas passavam.

Na praça da prefeitura, no escuro, os quarenta reféns restantes tremem de frio. Em meio a eles, mais gelado ainda, está o judeu Jakoel. Tenta dizer: Entreguem-me, salvem-se, mas o maxilar não obedece. Ao seu redor há silêncio e calma. Pela primeira vez, depois de tantos anos, nacionalistas, monarquistas e comunistas, que sempre se opõem quanto a tudo, concordam sobre o judeu. Jakoel sente vontade de chorar, mas nem lágrimas possui.

Dentro da casa de Gurameto reina o silêncio. Só o gramofone ainda se faz ouvir. Os convidados voltam as cabeças ora para o coronel, ora para o médico, sem entenderem o que se passa. Tudo parece enevoado. Fica a impressão de que um segundo decreto recém-chegado de Berlim cancelou a nomeação do dr. Gurameto Grande como governador e devolveu o poder a Fritz von Schwabe.

Todavia, tanto um como outro estão taciturnos.

O coronel se levanta para trocar o disco no gramofone. Escolhe *A morte e a donzela* de Schubert e todos compreendem que já não há mais esperanças. O tempo se dilata, mais e mais, à espera do crepitar das metralhadoras...

Soa o canto dos primeiros galos, aqueles que, conforme a crença, expulsam os fantasmas.

Subitamente, depois de uma prolongada troca de murmúrios ao pé do ouvido entre o médico e o coronel, o quadro volta a mudar. Ninguém consegue explicar o que ocorreu e por que o coronel Fritz von Schwabe, condecorado com a Cruz de Ferro, depois de respirar fundo, ordena a libertação dos prisioneiros. Não uma parcela, mas todos.

Tudo se distensiona, parece que o jantar retrocedeu ao seu início. A filha do dr. Gurameto, doce, com os cabelos castanhos cortados na última moda, traz uma bandeja cheia de cálices de aguardente para comemorar o entendimento. Todos repararam em sua beleza, embora finjam que não. Enamoraram-se dela, um depois do outro, perdidamente, como acontece a seres cansados da guerra. Ela, por sua vez, sente o mesmo. Encontrando-se pela primeira vez em meio a uma presença masculina tão densa e perigosa, todos cavaleiros, todos noivos da morte, apaixonou-se louca e avidamente por eles, como alguém que se apressa em preencher o vazio que virá depois... E isso transparece em sua face. É alva como alabastro e suas mãos tremem um pouco quando distribui as bebidas. Primeiro estende a bandeja ao coronel. Por um instante, ao notar a mão trêmula, ele ergue os olhos, suspeitoso, mas a moça volta a travessa na direção do pai, da mãe, em seguida dos demais e, por fim, depois de uma leve hesitação, do noivo.

Eles esvaziam seus cálices e os brados de *zum Wohl!** se misturam aos acordes do gramofone, enquanto se ouve o segundo canto dos galos. Com passos leves, a moça deixa o salão antes que os convivas, exaustos, sucumbam um depois do outro, ali onde podem, nos sofás, ao pé deles, sobre os tapetes, no que poderia ser chamado um sono mortal.

Ao que parece, fora o brilho da manhã que despertara a moça. Por algum tempo ela não atinou que horas eram e por que

---

* "À saúde!", em alemão no original. (N. T.)

estava no quarto dos pais, deitada, tal como tombara, vestida, sobre o leito.

O que fui fazer, meu Deus, disse, amedrontada, levando a mão à testa.

A casa estava silenciosa. Os passos a conduziram diretamente ao grande salão, de onde vinha um som arranhado como os últimos estertores de um moribundo.

Então deu com todos, estendidos ali onde o dia os encontrara, braços e bocas abertos, o pai, o noivo, a mãe, em cujos joelhos um dos oficiais apoiava a cabeça. Adiante, o coronel, que não chegara a tirar a máscara, os demais, todos estáticos e lívidos, como um grupo escultural.

Voltou a cabeça para o gramofone, que girava em falso produzindo o rangido, e a ideia de que ninguém poderia ser culpado pelo envenenamento, exceto ela, a única sobrevivente, provocou-lhe um arrepio.

6.

Pax germanica... O sol nascia diante da cidade, sobre o monte de Nemeretchk, e se punha às suas costas, para além da grande montanha. Assim como todos conheciam essa trajetória, também era sabido que, desde a invenção dos binóculos, pelo menos, quatro ou cinco psicopatas esperavam o alvorecer com um deles nas mãos, como se desconfiassem a cada manhã que o sol não iria aparecer.

Era a primeira vez, depois da inesquecível noite de setembro, que o sol se erguera sem que ninguém o observasse, como no tempo dos mamutes.

A causa parecia evidente: exauridos pela noite, todos dormiam.

O despertar constituíra toda uma história à parte, que exigiria muitos dias e muitas xícaras de café para ser contada. Depois da pergunta: Onde estou?, assombrados ao darem consigo deitados em corredores, sob os caibros de sótãos, muitos deles em escadas ou porões, onde o sono os pilhara de surpresa, tratavam de entender em que parte do dia estavam, em que dia da semana ou ao menos o nome do mês.

A indagação mais difícil de todas, O que aconteceu?, vinha no fim. Um denso véu erguia-se de repente, impedindo a lembrança dos acontecimentos. Por trás do pano, os eventos pareciam confusos, como se tivessem medo de si próprios.

A música de um gramofone era a primeira a tentar vencer o véu. Depois, vagarosamente, com muitos padecimentos, vinha a lembrança da angústia dos reféns. A aflição, em vez de esclarecer as coisas (eram oitenta pessoas que a tinham provado, minuto por minuto, e portanto não havia espaço para especulações e conjecturas), tinha o efeito oposto. Tudo se embaralhava, não devido a um ponto de vista exterior, como o dos comunistas ou o dos nacionalistas, que sempre culpavam uns aos outros, mas a partir dos próprios reféns. Uma parte deles recusava-se a aceitar que vivera aquilo, quem sabe temendo que, no caso de uma nova detenção, seriam advertidos: O senhor aí, já é a segunda vez que o prendemos... Entretanto, por motivos obscuros, sede de glória, talvez, pessoas que não tinham sido tomadas como reféns apressavam-se em dizer que tinham estado ali, na praça da prefeitura, diante das metralhadoras, e de tão convincentes pareciam mais dignas de crédito que os verdadeiramente aprisionados.

A barafunda dos reféns contaminava tudo mais. Os acontecimentos do dia que, conforme uma conhecida tradição, continuava a ser chamado de "inesquecível", mas na verdade mereceria o qualificativo oposto, manifestavam-se numa sucessão cada vez mais acovardada. A emboscada guerrilheira às portas da cidade? Deus é testemunha de que não acontecera. Não havia testemunhas nem vestígios, exceto dois riscos negros na rodovia, no lugar onde se supunha que as motocicletas alemãs tinham dado meia-volta.

Não era impossível que tivesse ocorrido a emboscada, proclamada como um gesto heroico pelos comunistas e como uma provocação pelos nacionalistas, mas também se podia acreditar que ela não passara de uma invenção alemã, para legitimar o terror.

Podia-se argumentar que naquelas circunstâncias a ideia da cilada convinha aos três lados, mas não seria fácil dizer o mesmo do pano branco, aquele que supostamente fizera o sinal de rendição aos alemães. Chamá-lo de delírio seria simples, mas delírio de quem? Da população local ou dos estrangeiros?

A questão do célebre jantar de Gurameto destacava-se de longe como a mais misteriosa de todas. Já começava como uma autêntica lenda, com a amizade entre o dr. Gurameto Grande e seu colega alemão de faculdade, tal e qual nos relatos folclóricos: o tema do encontro nas antigas histórias... o reconhecimento do irmão pela irmã, casada com ele por engano, graças a um sinal no corpo, achado na noite de núpcias, no último minuto antes da consumação do incesto...

Tudo mais se assemelhava a uma típica lenda. O convite para jantar, a libertação dos prisioneiros, aos bocados... E depois, como apoteose final, o amanhecer na morada de Gurameto... Os alemães estáticos, jazendo como mortos no salão, e a filha do doutor que julgava tê-los envenenado, mais tarde a volta a si de um depois do outro, a ressurreição, tal como na Páscoa, não de um, mas de uma esquadra inteira de cristãos... Basta, não fale mais, era não só uma vergonha, mas uma vergonha e um pecado a um só tempo.

Talvez tudo isso tivesse sido dito, em alto e bom som, se não fosse o detalhe da música do gramofone. Esta soara durante a noite inteira, todos a tinham escutado e, por mais que fosse tomada como uma extravagância de Gurameto, conhecido na cidade como excêntrico, pois quanto mais uma pessoa é considerada mais esquisitos são seus caprichos... Então, portanto, por mais que se atribuísse o caso a uma maluquice que tivesse brotado na cachola do dr. Gurameto, de passar a noite como uma coruja ouvindo música no gramofone, e logo a primeira noite da ocupação alemã, ainda assim algo de estranho permanecia.

Incapaz de desvendar essa prostração sem paralelo, a mente se transportava espontaneamente para a esfera dos fenômenos sobrenaturais, como o da Binoite. Ao que parecia, depois de mil anos de espera, ela finalmente chegara, para deixar a cidade por quarenta e tantas horas em seus braços, depois de abocanhar o dia como o lobo a um cordeiro e antes de se espojar e se dissolver no tempo.

Entretanto, na medida em que as ideias se tornavam claras, os olhos também recuperavam sua aptidão para enxergar o que devia ser visto. Assim, na praça da prefeitura, dos dois lados da porta de ferro do prédio, pendiam duas grandes bandeiras com cruzes gamadas no centro. Adiante, um grande aviso em duas línguas, alemão e albanês, abria o recrutamento para a recém-fundada Gendarmaria Albanesa. Numa porta lateral, uma longa fila de anciãos se formara desde antes do amanhecer. Os guardas alemães olhavam cheios de espanto para os exóticos agasalhos e chapéus, encimados por galões e fitas nunca vistos antes. Eram os velhos juízes do finado império, esperançosos de conseguir trabalho. Nas dobras das vestes traziam decretos de nomeação, cópias de portarias e condenações, com seus selos e assinaturas, de todos os cantos onde tinham servido no infindável Estado otomano.

Num dos escritórios do primeiro andar, o intérprete albanês passava dificuldades para explicar em alemão a larga experiência dos velhos, que depositavam nela as maiores esperanças. O principal residia na variedade dos castigos, não apenas condenações banais, à morte por decapitação ou enforcamento, mas também outras, mais sofisticadas, como a esfolagem e a amputação de membros, a imersão em caldeirão de óleo fervente, ou de água ordinária, porém com duas serpentes dentro. Sufocação por gorila. Para não mencionar os sepultamentos em vida, em dois formatos, com as pernas e parte do tronco enterrados e a cabeça de fora, ou o inverso, e assim por diante, até o oficial alemão interrompê-los, com um agradecimento cheio de palavras escolhidas a dedo, fazendo notar que a Alemanha possuía seus próprios costumes em matéria de castigos, antes de acrescentar que o Terceiro Reich não era o império mongol — frase que os velhos julgaram "não muito elegante".

Entretanto, voltara a circular o jornal da cidade, *Demokratia*. As notícias chegadas da capital eram embriagadoras. Juntamente com a antiga bandeira nacional, a verdadeira, com a águia de duas cabeças, sem os fáscios romanos, o país teria de volta o governo no exílio e até uma regência com quatro membros, um para cada confissão religiosa, enquanto se aguardava a volta do rei.

Ainda mais animadoras eram as notícias de Kossova, desde já denominada Segunda Albânia, e os títulos dos jornais até repetiam o comentário de um visitante estrangeiro: De meia Albânia que tinham, os albaneses passaram para duas. Esperem, esperem só, dizia-se no café da prefeitura. Isso é apenas o começo. Haverá uma Terceira Albânia e mesmo uma quarta. A euforia sufocava uma ou outra indagação hesitante: Essa Terceira Albânia eu posso entender que seria a Chameria, mas a Quarta não consigo ver de onde sairá. Vai sair, com certeza, respondia alguém. Vai sair de onde menos se espera.

Ao compasso dos sons alegres produzidos diariamente pela banda de música da prefeitura, arrebanhada às pressas, as notícias pareciam verossímeis, mas quando caía a noite, a hora em que os comunistas distribuíam seus panfletos, tudo voltava a ficar duvidoso.

Não acreditem em nada, diziam os papéis. Toda essa algazarra pretende legitimar a traição ante os alemães. Não vai haver duas Albânias, para não falar de três ou quatro; se não cairmos em nós perderemos até a pobre metade que nos restou.

Os panfletos terminavam com as palavras "hoje ou nunca!", empregadas pelos dois campos opostos, aliás em uso há cento e tantos anos, o que criava certa dificuldade para se entender o que queria dizer o "hoje", e mais ainda o "nunca".

Como um terço daquela barafunda já seria o bastante para tirar o sono de qualquer um, quando amanhecia, aqueles que odiavam acima de tudo a anarquia e sentiam saudades da ordem, com os olhos inchados, dirigiam-se à praça da prefeitura, onde, depois de se sentarem no café, liam de novo os jornais, ao som da banda.

A essa altura, a nostalgia pelos tempos de paz ganhava outra feição, distinta das notícias, das proclamações governamentais e da música. Eram os dois médicos, o dr. Gurameto Grande e o dr. Gurameto Pequeno, ambos célebres, ambos cirurgiões, que, como nos tempos da monarquia albanesa, e mais tarde da tríplice monarquia ítalo-albano-abissínia, e agora, por fim, na Albânia alemã, como alguns a chamavam, caminhavam todas as manhãs em direção ao novo hospital da cidade, que não era senão a residência de Remzi Kadaré, justamente aquela que seu dono perdera no jogo, três meses atrás.

Criara-se a convicção de que, na medida em que eles ali estavam (tal como sempre, com seus altos e baixos, com ou sem gramofones e jantares), o mundo não acabara.

Na realidade, todos se empenhavam em direções contraditórias. Havia dias em que a cidade parecia aproximar-se do abismo, mas no último instante o evitava.

Com a chegada do inverno, percebeu-se que não ia haver abismo. Ao que parecia, os chamamentos dos comunistas à guerra e dos nacionalistas à paz iriam se misturar como dois ventos opostos, produzindo uma espécie de média que não era nem um nem outro.

A desgraça se manifestaria sob a forma mais surpreendente e amedrontadora: a do escândalo moral. Escândalo sem precedentes, com certeza, único, segundo o jornal *Demokratia*, em todo o continente europeu assolado pela guerra: Bufe Hassan, funcionário da prefeitura, fora apanhado em plena prática vergonhosa, no porão do prédio público, com um alemão!

Um terremoto abalaria menos a cidade. Em seguida ao sentimento de desonra, o primeiro pensamento foi de novo o da explosão. Sem dúvida parecia o castigo mais inexorável, dessa vez merecido. Até o dr. Gurameto Grande, a quem muitos pediram ajuda, como se pode imaginar, erguera as mãos: Dessa vez não interfiro! E ainda agregara que, caso se tratasse de um caso de mulher, ele, como ginecologista que era, ainda poderia procurar Fritz von Schwabe, mas aquela era uma área que fugia à sua competência...

Já é demais! A frase estava na boca de todos. A atitude tímida e quase envergonhada dos alemães para com as mulheres locais fora compreendida de modo atravessado. Como as guerras exigiam que alguém violentasse alguém, e como os alemães não o faziam, a cidade aparentemente se considerara a vencedora e, como tal, expusera seu lado facinoroso, tão cuidadosamente oculto.

Assim, os alemães tinham sido alvejados pela segunda vez. Distintamente da primeira, na estrada, no ano anterior, a vítima agora era um soldado louro, belo como uma moça. Com a diferença de que dessa vez não havia razão para se queixar do castigo da explosão. Poucos o tinham feito.

E por que vocês arrancam os cabelos e não tiram da boca a palavra "vergonha!"?, indagavam alguns. Aquilo não passava da consequência lógica da política de nem guerra nem paz. Era o que você queria, não é, fazer a guerra e também a paz? Pois vá ver no que deu, lá no porão...

Na verdade, considerado friamente, o caso de Bufe Hassan era um entre outros. Apresentava semelhanças com aquele jantar, já esquecido, do dr. Gurameto Grande. Tal como ele, o episódio do porão podia ser interpretado de duas maneiras. E não se tratava de uma manifestação simplesmente albanesa, como insistiam alguns, mas assumia proporções mundiais. Remetia até, por exemplo, o Acordo de Munique; ainda que a mistura do nome de Bufe Hassan com o de Neville Chamberlain pudesse provocar sorrisos, a essência do acontecimento permanecia a mesma.

Entretanto, o medo e o escândalo estavam no ar. Sempre que o medo amainava, crescia o escândalo, e vice-versa.

Ao mesmo tempo, outras ações estavam em curso, umas abertamente e outras em segredo. Assim, por exemplo, no exato momento em que os dois filhos de Bufe Hassan deixavam à espera a bomba com a qual matariam o pai depravado, enquanto não ocorria a explosão que cortaria o problema pela raiz, desembarcava na cidade o novo primeiro-ministro do recém-instalado governo, Mehdi Frasheri. Causava um constrangimento geral o fato de que o rebento da mais célebre família albanesa,* tão esperado, estivesse sendo forçado a iniciar sua função em meio a um episódio tão imundo.

Tanto a chegada como a partida do governante tinham acontecido durante a noite, naturalmente, sem alarde, jantares ou gramofones, coisa compreensível numa viagem como aquela, o que não impedira que os espíritos demorassem a se apaziguar.

---

* No século XIX, Naim Frasheri e seu irmão Sami foram os principais expoentes do *renascimento albanês* contra o domínio otomano. (N. T.)

Notícias tranquilizadoras vinham também das duas capitais albanesas, a interna, Tirana, e a externa, Prishtina. Comentava-se que o chefe dos comunistas albaneses fora capturado, tivera os olhos furados e fora posto na mesquita de Ethem Beu em Tirana para fazer a lavagem dos mortos, ofício praticado desde tempos remotos por familiares seus.

Tal como as outras, também a proeza de Bufe Hassan ia se apagando das memórias. Assim como uma tempestade deixa atrás de si alguns remanescentes, ainda esvoaçavam no ar algumas palavras dúbias, cada vez mais raras. Dir-se-ia que as coisas tinham se pacificado, se não fossem certas miudezas incômodas, como a súbita pergunta de algum menino: Mamãe, o que foi que o senhor Bufe Hassan fez com o tio alemão no porão da prefeitura?

O mais seguro indício do restabelecimento da ordem era o regresso das atenções aos dois médicos, mais especificamente a ascensão ou queda de um em relação ao outro. A cidade estava tão acostumada com isso como com o nascer e o pôr do sol e, ao que parecia, era tarde demais para assumir novos costumes. Tal como nos velhos tempos, mais cedo ou mais tarde estabelecia-se um vínculo entre a suposta rivalidade e os acontecimentos internacionais, em que, como indicavam os astros, as coisas não iam bem para a Alemanha. À primeira vista parecia que o dr. Gurameto Grande teria de baixar um pouco a cabeça. Entretanto, como a única referência do baixar ou erguer a cabeça era o dr. Gurameto Pequeno, por enquanto se estimava que, assim como a ladeira abaixo da Alemanha poderia beneficiar qualquer um exceto a Itália, também o dr. Gurameto Pequeno, em quaisquer circunstâncias, ficaria de novo a ver navios.

Agora os dois trabalhavam juntos no novo pavilhão de cirurgias, que ocupava o segundo pavimento do imenso casarão dos Kadaré. Julgava-se que, ao menos ali, diante da presença da morte, as pessoas serenassem. Mas na verdade ocorria o contrário. Quer conhecer a verdadeira essência da guerra civil? Vá ao pavilhão dos dois Gurameto, escrevia o correspondente de um periódico local. Ataduras ensanguentadas, gritos, ódios, pavor. Os pacientes, longe de se reconciliarem devido à aproximação da morte, aparentemente temiam que não lhes restasse tempo suficiente para expelir todas as suas grandes mágoas, e se apressavam. Isso explicava os tumultos sem fim, xingamentos, queixumes, gritos de "traidor da pátria". Na sequência, naturalmente, vinham os golpes de vidros de remédio, seringas e até de um braço amputado que o doente pedira para conservar consigo, supostamente por razões sentimentais, mas na verdade para tê-lo à mão na hora dos enfrentamentos.

Os dois Gurameto a custo mantinham sob controle toda aquela fúria, dando a impressão, sempre conforme o jornalista, de mal esperarem pela hora em que o pavilhão se tranquilizaria para se lançarem um sobre o outro armados de bisturis e pinças gotejando sangue.

Quando caía a tarde, outro personagem acompanhava atentamente o alarido que vinha de cima. Convencido de que era ele próprio quem gemia, o ex-proprietário do casarão, Remzi Kadaré, envolto numa coberta militar, completava a gritaria com seus xingamentos. Chamava sua antiga residência de mulher da vida e imunda. Depois resmungava: Bem feito, mije sangue à vontade! Infiel, eu sabia quem você era, fiz muito bem de perdê-la no jogo. Eu te joguei e te perdi, minha mundana, minha superputa!

Conforme a noite esfriava, ele se enrolava cada vez mais no cobertor, depois, já com a cabeça enfiada nele, ouviam-no cantarolar:

Tive um sonho, minha mãe, um pesadelo do mal,
Nosso grande casarão transformado em hospital
Ao acordar, minha mãe, sufoquei de soluçar,
Quis perder tudo no jogo ou fogo nele atear

Assim fiz, mãe, e eis-me aqui, pura amargura,
Com a mulher em Ioanina e a ti na sepultura.
Chamavam-me de Remzi, Kadaré o sobrenome,
Por que me deste teu leite em vez de matar-me de fome?

As semanas partiam às pressas. O inverno impunha-lhe suas leis. Mas outra ordem reinava no cérebro do Cego Vehip, que versejava desde o século anterior, quando ainda não havia jornais. Ele sempre fora cego, como mostrava seu nome, mas mesmo sem jamais ter visto o mundo fazia os versos com precisão, cheios de menções a pessoas, ruas e datas. Parte deles compunha por encomenda, contra uma modesta paga e sobre todo tipo de temas: aniversários, condecorações, reclames de barbearias, mudanças de endereço ou de horário. E outros ainda a respeito de querelas judiciais, brigas, escândalos, decretos da prefeitura, acidentes com cavalos, crimes, bebedeiras, quedas de governos, desvalorizações monetárias etc. Quem gostava das poesias parava no canto da rua onde o cego se instalara, pedia o verso X ou Y e ele o recitava, sendo remunerado ou não ao gosto do ouvinte.

Ocorria que quem encomendara os versos, por diferentes motivos (ameaças, por exemplo, ou o rompimento do noivado que motivara o pedido), solicitava sua retirada do repertório, sempre mediante pagamento, até mais caro que a encomenda.

Era esse o dia a dia do Cego Vehip. Raramente, rarissimamente, ocorria-lhe de compor versos de outro tipo, não encomendados por alguém mas "nascidos da alma", como ele dizia. Tudo que havia de preciso nos nomes, cifras e datas dos versos encomendados, nos "da alma" tornava-se nebuloso, enigmático e algumas vezes cheio de mistério.

Em finais de abril o cego se saíra com uns versos assim, talvez ainda mais sombrios, sobre o dr. Gurameto Grande.

Gurameto Grande, doutor,
O diabo te surgiu aterrador
E disse: Oferta uma ceia
Com cantos e luz que prateia.

Quem escutava a estrofe não dava nenhum indício do que pensava, apenas ia embora, com o semblante mais taciturno e os passos mais lentos do que viera.

Gurameto com certeza soubera de tudo, mas fizera que não, alheio como era ao que acontecia nas ruas. Os ouvintes iam se multiplicando na esquina onde a rua Varosh cruza com a do Liceu, lugar onde habitualmente ficava o Cego Vehip, e por onde o dr. Gurameto costumava passar a caminho do hospital. Mas o médico nem voltava a cabeça.

Duas semanas mais tarde, o Cego Vehip, talvez ofendido por aquilo, ou simplesmente porque lhe dera na telha, saíra com outra rima, dessa vez com palavras que provocavam calafrios:

Doutor, por que fizeste aquela janta,
Com convite a quem da cova se levanta...

Talvez tenha sido o início, ou especialmente a palavra "cova", que os mais velhos ainda usavam para designar uma sepultura, e justamente por isso soava ainda mais apavorante, o que fez o dr. Gurameto Grande passar por cima de seu próprio orgulho e em certo fim de tarde parar, finalmente, diante do cantador.

Fez sinal a dois curiosos para que se afastassem e então falou:

O que quer comigo?

O cego, que lhe reconheceu a voz, deu de ombros.

Nada. Mesmo que quisesse, não teria como, você aí, eu aqui.

Não é verdade, velho. Alguma coisa você tem aí, mas não quer me falar.

O cego nada disse por um tempo, até que respondeu em tom cortante:

Não.

O dr. Gurameto Grande era conhecido como um homem de poucas palavras. Ainda assim, dessa vez seu silêncio pareceu exagerado.

Aquele jantar parece agora tão distante, disse enfim, bem baixo... Eu mesmo mal o recordo. Por que você se lembrou dele?

Não sei.

Gurameto correu o olhar à sua volta, para se certificar de que ninguém os escutava.

Você acredita realmente que naquela noite... eu convidei... para jantar... um morto?

Não sei o que dizer, disse o cantador.

Gurameto mantinha os olhos cravados nele.

Vehip, disse, como médico, devo fazer uma pergunta: você lembra como foi que perdeu a visão?

Não. Minha mãe já me fez assim.

Hum... Quer dizer que você nunca viu uma pessoa viva?

Nem viva nem morta, contestou o outro.

Hum..., repetiu Gurameto.

Vejo que isso o espanta, disse o cego. Espanta que eu não enxergue os vivos, porém mais ainda que não enxergue os mortos.

Não vou fazer segredo, disse Gurameto. A cegueira parece mais próxima da morte.

Você deve estar dizendo com seus botões: Este aí nunca viu nem a uns nem a outros, eis por que os confunde.

Não digo ainda, retrucou Gurameto. Como vê, nem o ameaço nem prometo coisa alguma. Faça o que bem entender.

Quando ia embora, ouviu às suas costas a voz do cego:

Vá com Deus!

7·

Aquilo que aparentara ser um deslocamento ordinário de tropas na verdade era outra coisa. Ninguém iria acreditar que a retirada do Exército alemão de pelo menos dois países, a Grécia e a Albânia, pareceria algo tão banal. A fila sem fim de veículos na rodovia prosseguiu ao longo da noite. Ao amanhecer só aparecia parcialmente, devido à nuvem de poeira. Uma chuva miúda vez por outra se convertia em granizo, fazendo com que as janelas das casas dessem a impressão de estar cegas. Isso emprestava certa naturalidade ao menosprezo que a cidade aparentava ao acompanhar o mais importante acontecimento daqueles dias.

No meio daquela manhã não muito digna de crédito, o regimento acantonado na caserna de Grihot somou-se à coluna infindável e, logo a seguir, foi a vez das tropas que estavam dentro da cidade.

Não houve nem despedida nem chamados ao fustigamento da retaguarda da coluna, consequentemente ameaças de explosão e outras do gênero também pareciam envelhecidas e despropositadas.

Arriou-se a bandeira da cruz gamada, enquanto permaneceu em seu lugar a outra, local, com a águia solitária no centro.

Foi dessa maneira, sem qualquer indicação de desonra ou soberba, sem sequer reparar na indiferença da cidade, que os soldados subiram em seus veículos, com movimentos descontraídos, como se apenas partissem em busca de outro terreno para fazer a guerra, ou simplesmente à procura da morte.

OUTRO REGIME

Depois do meio-dia, usando não uma mas todas as três entradas da cidade, chegaram os guerrilheiros. Não eram nada parecidos com os alemães, porém tampouco com o que a maioria dos moradores imaginara. Fitavam os casarões com olhos de espanto, depois sorriam timidamente e não sabiam onde pôr as flores que as pessoas lhes atiravam.

A fadiga era ainda mais patente nas mulas que a duras penas subiam as ruelas. Na maioria, vinham carregadas com tubos de morteiros e caixas de munição. Apesar disso, pelo andar dos guerrilheiros que conduziam as mulas pelo cabresto, seria de acreditar que em vez de armas levavam farinha ou sacos de queijos.

Quem chamava mais atenção eram as moças guerrilheiras. Eram dos mais diversos tipos, com tranças, cabelos curtos, ou longos, franjas cortadas conforme a moda, até louras. Os boatos a seu respeito tinham sido contraditórios: ora eram "virgens guerreiras", capazes de matar pela mais ínfima provocação, ora frenéticas amantes. Fora aparentemente esta última versão que levara os ingleses a lançar de paraquedas, junto com as armas e vestimentas, grandes pacotes de preservativos, o que encolerizara o comando central da guerrilha e causara o primeiro esfriamento com os britânicos.

O cenário era altamente tranquilizador e, no entanto, o que todos temiam estava acontecendo. Depois de batidas à porta, ouvia-se o choro de mulheres, seguido de gritos — Ele não tem culpa... Traidor... Afaste-se, cadela... Não... —, e por fim o estampido de tiros.

Outras patrulhas, ajudadas pelos "territoriais", como eram chamados os comunistas locais, procediam a detenções.

Foi logo depois do meio-dia, exatamente o horário em que se hasteava a bandeira sobre a prefeitura, que eles chegaram ao hospital para prender o dr. Gurameto Grande. Algemaram-no, tal como estava, durante uma operação, depois lhe disseram que devia lavar o sangue das mãos, mas ele retrucou que não iria se lavar à toa, pois pensava que iriam fuzilá-lo.

Enquanto ele caminhava arrastadamente, devido às correntes, seus olhos se dirigiram sem querer para a bandeira sobre a prefeitura. Esta mudara um pouco, mas não tanto como haviam pensado.

Mais depressa, disse um dos guerrilheiros, já que as pernas de Gurameto se detinham. O preso voltou os olhos para as correntes, como para dizer que não estava acostumado a caminhar com elas, mas o outro, sem compreender, disse de novo: Depressa!

A bandeira continuava a ostentar a águia, e esta não tinha três cabeças, como fora dito, e sim duas, como sempre.

Por aqui, disse o guerrilheiro, atravessando um cruzamento. O dr. Gurameto Grande queria perguntar: O que fiz?, mas seus olhos se voltaram para a bandeira.

No lugar da terceira cabeça, que conforme os otimistas representaria a reconciliação entre comunistas, nacionalistas e monarquistas, sobre a águia bicéfala luzia uma estrela.

Ah, disse consigo o dr. Gurameto Grande. Mantinha os olhos no pano da bandeira, como se fosse extrair dali a resposta para o que fizera.

Dos dois lados da rua viam-se curiosos, algumas pessoas com bandolins, apressados correios.

O tremular da bandeira parecia enigmático, não deixando entrever qualquer resposta.

Um dos mensageiros, sem fôlego, correu até a patrulha enquanto tentava dizer algo.

Stop, fez o chefe da patrulha, detendo o correio. Olhou com espanto para o dr. Gurameto, depois lhe tirou as algemas, tomando cuidado para não sujar as mãos de sangue.

Desculpe-nos pelo erro, doutor, disse em tom pausado.

O "territorial" que acompanhara a cena com curiosidade agora dizia algo ao ouvido do guerrilheiro. O outro aquiesceu com a cabeça. Ao se voltar para ir embora, Gurameto julgou ter ouvido o nome de Gurameto Pequeno, mas não teve certeza.

Procurou durante parte do trajeto uma torneira pública para lavar as mãos, mas não se lembrava de ter visto alguma por ali.

Quando estava se aproximando do hospital, reconheceu ao longe a mesma patrulha que se aproximava na direção contrária. No centro dela vinha o dr. Gurameto Pequeno, com algemas nas mãos, tal como ele instantes atrás.

Eles trocavam um gesto com as cabeças, significando que não sabiam o que ocorria, quando explodiu na cabeça do dr. Gurameto Grande a explicação do episódio. O "territorial", acostumado à noção de que a ascensão ou queda de um Gurameto representava o inverso para o outro, convencera a patrulha de que, se a prisão do doutor Gurameto Grande fora um engano, a do doutor Gurameto Pequeno por certo se justificaria.

Convicto de que o colega seria libertado, Gurameto entrou no hospital murmurando palavrões em alemão.

O dr. Gurameto Pequeno efetivamente foi solto um pouco mais tarde. Os dois se abraçaram como se não se vissem há muito tempo, cercados por gestos de carinho generalizado das enfermeiras. Naquele exato instante, aconteceu o inacreditável: outra patrulha, de feições mais carrancudas, apontou à entrada do hospital. Os dois médicos se entreolharam, como se dissessem: Ainda tem mais!... Já esperavam que os algemassem de novo, porém o intento da patrulha era completamente inimaginável. Queriam prender dois pacientes recém-operados, um deles ainda sob efeito da anestesia.

Os dois Gurameto levaram as mãos à cabeça. Ficaram loucos? O homem ainda está com a ferida aberta e querem algemá-lo? Loucos estão vocês, a ordem é esta e ponto. E nós não deixamos e ponto. Não deixam? Ha, ha, ha!

As enfermeiras se somaram aos médicos, mas a patrulha não arredou pé. Sacaram das algemas, puseram-nas de novo nos dois médicos e seguiram todos para a prefeitura.

Uma hora mais tarde regressaram, em meio a um confuso vozerio, patrulha e doutores, estes sem algemas. Um homem grisalho, alegando conhecer as leis e ser imparcial, tentava inutilmente uma conciliação. Todos gritavam, interrompiam-se e agitavam revólveres ou seringas nos narizes uns dos outros. Onde já se viu, o outro está quase morto, com uma mão amputada, e vocês querem algemar a outra? Que humanismo é esse? Humanismo sim, justamente. O que querem os cavalheiros, que deixemos o criminoso matar à vontade e depois se internar no hospital para escapar do julgamento do povo — Ó doutor, extraia essa verruga —, é o que desejam? Era só o que faltava!

Por fim o homem grisalho conseguiu que se chegasse a uma solução intermediária: os pacientes procurados não ficariam nem presos nem livres. O chefe da enfermagem recordara que na ala oeste do casarão havia um quarto com janelas gradeadas, onde Remzi Kadaré deveria ser encerrado, conforme seu próprio testamento, caso viesse a perder a razão.

Para lá foram levados os pacientes inculpados, enquanto

um guerrilheiro foi postado diante da porta, com o fuzil nas mãos e duas granadas no cinto.

MANHÃ DO DIA DOIS

Os trezentos, como eram conhecidos os velhos juízes, que na realidade havia muito tempo não alcançavam essa cifra, apresentaram-se à porta da prefeitura, que agora se chamava comitê, assim como tinham feito meses atrás. Traziam todos os veneráveis sinetes e decretos e, tal como da outra vez, sublinhavam sua experiência, convictos de que ela ainda poderia ser posta a serviço do país.

O presidente do comitê, enquanto escutava, não ocultava uma espécie de contentamento. Não parecia um contentamento fingido e isso ficou claro nas palavras de agradecimento ao fim do encontro. Embora vindos de outra época, os velhotes tinham compreendido melhor que todos os maricas dos intelectuais da Albânia qual era a essência da revolução: a necessidade da violência.

Os anciãos ouviam as expressões "novos tempos" e "novas leis" sem esconder seu espanto de que pudesse haver coisas assim. Ao se afastarem, evidenciavam seu contentamento por terem tido sua oferta recusada, porém com elegância.

DIA MENOS DOIS

Além dos acusados, havia no pavilhão cirúrgico outros três pacientes submetidos a operações e ainda sob efeito dos anestésicos. Quando eles voltaram a si, uma das enfermeiras de plantão empenhou-se, sabe-se lá por qual motivo, em explicar-lhes que, além de terem ficado sem o apêndice ou o rim enfermo, achavam-se agora num novo regime.

Não era fácil eles entenderem aquilo, e menos ainda as razões da enfermeira para atualizá-los. O primeiro a entender algo foi o homem do rim. Pôs-se então a explicar aos demais, e com tanto zelo que dois ou três dos outros enfermos se aproximaram como se ouvissem um conto da carochinha. Conforme o do rim, fatos da maior importância tinham acontecido na cidade, e até naquele mesmo pavilhão hospitalar, mas eles estavam em sono profundo e não tinham sabido de nada.

Quando viu que os outros não se admiravam tanto quanto imaginara, ele voltou ao início. A cidade virara pelo avesso, enquanto eles ficavam de fora. Estávamos num tempo que deixou de existir, entendem? O tempo passa, as horas, os dias, tudo se move, enquanto você permanece numa coisa que não sei nem como chamar. Um tempo sem tempo. Abaixo de zero, compreendem? Menos. Tempo negativo.

Não entendi nada, homem, disse um paciente. Em poucas palavras, o que é o tal outro regime que você fala?

Outro regime é o que acontece quando o regime muda. O primeiro dia, normalmente, é chamado de dia zero. Depois começa a numeração: um, dois, quatro e assim por diante. Quando nos anestesiaram, vamos dizer que eram tantas horas do dia tal. Nós congelamos, ficamos de fora do tempo. Acontece que para o tempo tanto faz, ele não espera por você, passa. Assim, veio o dia zero, depois o um e o dois. Só que nós ficamos para trás. Os outros estão no dia dois e nós no zero. Estamos no menos. Entendeu agora?

Nem um pouco, disse o outro.

No menos, continuou o outro, sem ligar. Temos de chegar primeiro no zero e depois ver no que dá.

Você bagunçou nossa cabeça, disse o da apendicite. Diga

pelo menos quem ganhou. Na verdade eu nem ligo para quem é, contanto que não sejam os comunas.

Acho que foram exatamente eles, disse um terceiro.

Não, fez o outro. Não diga!

Neste regime que você falou, é permitido estrangular a mulher?, quis saber um doente com muletas. Mais ou menos como no Iêmen?

Onde está com a cabeça, homem?!

Eu só estava pensando...

A mulher eu não creio. Quanto aos outros... sei lá.

A SEQUÊNCIA DOS DIAS E MESES

De todas as muitas expressões em uso, a mais repetida tinha a ver com o tempo. Chamava-se "novo tempo".

Certos dias realmente davam essa impressão. Diferente, leve, como que recém-emergindo da espuma da bacia, o dia parecia irreprimível. Porém quando chegava a manhã seguinte tudo escurecia, perdia o viço, e voltava a imperar a visão de que, se há algo neste mundo que nunca se renova, é exatamente o tempo.

Ainda assim, mesmo sem se assemelhar à juventude, algo de novo o tempo tinha. Sentia-se, se não uma febre, uma persistente elevação da temperatura. As campanhas se sucediam, uma depois da outra.

Não menos ardorosas que as campanhas eram as idas e vindas dos trabalhadores voluntários, repletas de promessas ou ameaças: abaixo a erosão, glória aos mártires, forca para os especuladores, três hurras para o reflorestamento. As assembleias eram intermináveis. Desmascaravam ora a estocagem de ouro, ora o incidente no canal de Corfu, os versos do Cego Vehip ou, na sequência, o conceito de super-homem em Nietzsche. De cambulhada com este, derrubou-se, sabe-se lá por qual motivo, o moto-perpétuo.

Ao lado do "novo tempo" vinha sempre a palavra "reconstrução", como uma espécie de prima sua, para não dizer noiva. Tanto o tempo como a nova mocinha serviam de tema de palavras de ordem e canções por toda parte.

Por reconstrução entendia-se via de regra o trabalho de abertura de canais. As pessoas despertavam antes do sol, empunhavam uma bandeira e partiam em coluna para cavar. Mais tarde, quando se descobriu que alguns canais em vez de aumentar reduziam o fornecimento de água, enquanto outros no lugar de evitar agravavam as inundações, e sobretudo quando isso começou a produzir punições, veio à luz confusamente a ideia de que os canais tinham, além dos objetivos conhecidos, um outro, secreto, que seria inclusive o principal.

Não arregalem os olhos como se tivessem decifrado algum enigma, dizia a seus companheiros de cela um engenheiro recém-engaiolado, como os outros dois, por sabotagem dos canais. Isso é uma velha história, vem do tempo dos assírio-babilônicos. Dizem que foi dali que nasceu a tirania. Falta d'água, excesso d'água. Ou, em outras palavras, água certa, água errada.

Duas grandes novidades, o início da Guerra Fria e a traição de Tito,* não deixavam de ter seu vínculo com os canais. E, por sua vez, estes com elas. Assim como havia vínculos com outras questões, como a das lembranças, por mais que pudessem parecer vínculos remotos. Adeus descuidadas lembranças que acorriam ao cérebro sabe Deus por qual razão: decretos antigos, coxas femininas, coisas majestosas acotovelando-se com coisas

---

* O líder comunista iugoslavo Josip Broz Tito (1882-1980) rompeu com o campo socialista pró-soviético em 1948. (N. T.)

desavergonhadas. Ficava cada dia mais claro que certas coisas deviam ser mais lembradas, e outras menos, para não dizer esquecidas de todo.

Entre estas últimas estava o célebre jantar com os alemães. Quase ninguém o mencionava, como se nunca tivesse sucedido. Inclusive, se alguém chegava a mencioná-lo, muito de passagem, os outros logo saltavam no pescoço do faltoso: Você ainda crê nessa lenda de que o alemão e o doutor eram colegas de escola, trá-lá-lá e tró-ló-ló? Mas isso não impedia que, aqui e ali, corresse o rumor de que, em algum ponto das mais altas esferas possíveis ou imagináveis, prosseguia em segredo o inquérito sobre o jantar. Suspeitava-se até que o recém-nomeado diretor do coral da Casa de Cultura não passava de um dos dois investigadores secretos encarregados dele. Quanto ao segundo, mesmo que se quebrasse a cabeça por mil anos, não se atinava quem seria. Mas havia quem afirmasse que fora justamente o segundo que espalhara a suspeita de que não houvera jantar, só um gramofone girando solitariamente, quem sabe em outro país, para despistar, enquanto o verdadeiro encontro secreto, apresentado como se fosse um jantar, acontecia alhures.

A SEQUÊNCIA DAS ESTAÇÕES

Era inverno. E, como se isso não bastasse, havia a Guerra Fria. Esta começara fazia algumas semanas. Não era uma pilhéria, como se acreditara a princípio (um negócio dos esquimós etc.), mas tampouco algo tão apavorante como aparentara a seguir (surda e gélida como a morte). Era algo intermediário, tal como a outra sucata, a Cortina de Ferro, inventada por um lorde inglês.

Para mostrar que era possível conviver com aquilo, inclusive com alegria, multiplicavam-se as festas. As mais comuns eram as corridas, que não requeriam despesas nem maiores preparativos. Reuniam-se umas tantas dezenas de fulanos com coceira nas pernas, e bastava mostrar-lhes um cartão escrito "Encruzilhada da Primavera" para que eles partissem como loucos. No trajeto o número aumentava, depois todos se concentravam numa praça para tomar fôlego e bradar palavras de ordem. Os gritos de "viva!" e "abaixo!" quase se igualavam, indicando que havia tantas coisas que deviam viver como outras que mereciam a morte, quanto antes melhor.

Também frequentes eram os shows, as competições, as inaugurações e sobretudo as condecorações com medalhas. Nos festejos deste último gênero havia muitas vezes algo de surpreendente. Na primeira semana de abril, por exemplo, festejou-se a décima segunda milésima cirurgia operada pelo dr. Gurameto Grande.

Leve-se em consideração que tampouco foi esquecido o outro dr. Gurameto, embora este último, sendo mais jovem, tivesse chegado apenas à nona milésima operação. Consequentemente, durante a tarde inteira e sobretudo ao anoitecer voltaram as velhas lembranças, em que os dois figuravam no centro das atenções, como supostos rivais. E tal como outrora, o status de um foi comparado ao do outro, coisa como sempre delicada, pois, conforme todos sabiam, dependia antes de mais nada da conjuntura internacional.

Caso se levasse em conta que a Alemanha, depois de perder a guerra, se dividira em duas, uma má e outra boa, o dr. Gurameto Grande partia de uma condição de equilíbrio. Ao passo que a Itália, mesmo não sendo tão má quanto a Alemanha Ocidental, também não se comparava à Alemanha Oriental, conferindo ao dr. Gurameto Pequeno o mesmo status também de equilíbrio.

Numa palavra, tal como antes, a mesma mão invisível que preservara os dois médicos da rivalidade, agora, em meio a toda aquela barafunda mundial, fazia com que os dois partissem *fifty-fifty*, como dizem os ingleses.

Compreendia-se confusamente que a emoção reinante decorria não tanto do reconhecimento para com o dr. Gurameto Grande, mas precisamente das lembranças da rivalidade entre os dois médicos, como vestígio de um tempo que, sem que se soubesse o porquê, deixara saudades.

Ah, que beleza, exclamara Marie Turtulli, ao se ver por acaso no meio de uma conversa sobre o tema. Como são comoventes essas lembranças, prosseguira, pouco depois. Tal qual na... *Belle époque...*

Quem melhor captou o clima cor-de-rosa que cercava o par de médicos foi um verso do Cego Vehip: Dois doutores Gurameto, com seus bisturis prediletos. O que não impedia que os murmúrios sobre o jantar de outros tempos ainda estivessem sob investigação. O inquérito, novamente, era secreto, com a distinção de ser conduzido por duas equipes independentes. Uma outra particularidade tinha a ver com sua conotação alemã, cada vez mais apagada em contraste com o aspecto fantasmagórico. Agora, o jantar era relacionado antes de mais nada ao defunto, que, para disfarçar-se ou por outro motivo qualquer, envergara, talvez por acaso, uma farda de oficial alemão. E assim, todo sujo de lama, batera à porta de Gurameto.

QUINGENTÉSIMO DIA.
O FANTASMA DOS PRÓ-GERMÂNICOS

No quingentésimo dia, surgiu aos pés da cidade aquilo que jamais deveria aparecer: a primeira leva de refugiados. Eram incontáveis, expulsos da Chameria pelos gregos depois da retirada dos alemães, sob a acusação de pró-germânicos. O massacre mal terminara, deixando seus rastros por toda a parte: marcas de faca em berço de bebês, anciãos meio queimados, moças arrancadas das cinzas, sob o vento gélido que desconhecia a piedade.

À esquerda avistavam a primeira cidade albanesa, que tantas vezes lhes aparecera em sonhos. Tinham ordens severas, dadas não se sabe por quem, de não entrar.

A cidade se erguia diante deles como uma esfinge, inacessível, sem que sequer conhecessem a razão da negativa. Assim como não se sabia quem sofria mais com a separação, se a leva de refugiados ou a cidade. Ambas, com certeza. Como se as marcas das catástrofes que passavam por Girokastra não fossem tão perigosas assim. As vigas das casas começaram a ranger ao chegar a tarde. A tortura do remorso parecia insuportável. Como ninguém se compadecia dela, a leva tampouco se enternecera. Derrubara e queimara as estacas das cercas. Nenhum dos dois campos podia vencer, nem sequer defrontar o outro. Os derrotados, nacionalistas e monarquistas, talvez buscassem o consolo de terem esbravejado pela Chameria e por Kossova, mas baixavam a crista na suposição de que o alarde, depois da retirada dos alemães, provocara as represálias. Os vencedores, em tudo opostos aos vencidos, tampouco se rejubilavam.

Comentava-se que cenas assim se disseminavam por toda parte. Do litoral báltico às escarpas nevadas do Cáucaso, e até nos confins das estepes, comunidades e algumas vezes povos inteiros, apanhados no contrapé, eram dispersados sob acusação de pró-germanismo.

Outras levas e retiradas, longas e terríveis, vinham à memória. A dos judeus, três anos antes. A dos armênios, três décadas atrás.

Girokastra, de binóculos sobre o nariz, mal esperava o fim da sucessão de levas de refugiados, mas estes, como se fosse de propósito, pareciam renascer de si mesmos. Nas aldeias da minoria grega, segundo os comentários, aqui e ali ofereciam pão aos forasteiros durante a noite, mas estes não aceitavam. Não era dos gregos que esperavam a oferenda.

Para onde iam? Ninguém sabia dizer. Caminhavam no rumo da Albânia Central, e depois viria a Setentrional, com seus próprios delírios. Nas montanhas que as nevascas alvejavam ainda apareciam, como num pesadelo, ora soldados alemães que falavam albanês, ora albaneses em vistosos uniformes, entoando velhos hinos germânicos.

Os montanheses fugiam aterrorizados, até saberem que não passavam de restos da divisão albano-alemã *Skanderbeg*, derrotada pelo destino e pelo inverno.

Somente agora se sabe que por motivos semelhantes a esse o destino da Albânia fora abalado. Acreditava ser vitoriosa, ao passo que por um fio escapara de ficar no campo contrário, sendo proclamada Estado vencido.

8.

AINDA O NOVO REGIME

Quando a rodovia amanheceu deserta certo dia, o abatimento espiritual se agravou. O frio aumentava. Não se achava carvão. Havia escassez de mártires.

Tal como nas catástrofes naturais, a capital enviava às pressas caminhões com mantimentos e remédios, inspetores, orquestras e todo tipo de missões de socorro, em parte vindas dos países amigos. Uma delas, das repúblicas soviéticas do Báltico, que tinham passado por uma situação semelhante, antes de partir dedicou-se a uma pesquisa um tanto esquisita. Segundo a missão, os acontecimentos mereciam um exame mais profundo. Ainda havia na cidade onze ex-vizires e paxás do antigo palácio imperial otomano, quatro ex-supervisores do harém do sultão, três ex-vice-diretores de bancos ítalo-albaneses, quinze ex-prefeitos de todos os regimes, dois ex-estranguladores profissionais de príncipes herdeiros, uma rua chamada Beco dos Loucos e duas prostitutas de luxo, para não falar dos célebres trezentos ex-juízes e cerca de seiscentos dementes mentais. Era muito para uma cidade medieval que pensava se tornar comunista.

Não era difícil extrair da pesquisa dos bálticos a conclusão de que se tornava indispensável uma aplicação de soro regenerador, aquilo que os jornais chamavam "sangue novo".

O tratamento não se fez esperar. Todos os dias chegavam entusiasmados jovens voluntários vindos da Albânia Central. Superadores de planos de antemão superados, conforme a experiência soviética. Outros que entoavam a música "Numa mão a picareta, na outra o fuzil", ou que além de cantarem empunhavam de fato os utensílios citados. Desmascaradores de sabotadores de canais de drenagem equivocados. Denunciadores de senhoras sofisticadas que quase não saíam de casa, em sinal de desprezo pelo novo regime. Ativistas que só olhavam para a frente, e outros que olhavam quase só para a frente, mas não eram tão irrepreensíveis que de vez em quando não espiassem também para trás. Escultores de bustos de mártires. Candidatos a mártir, prontos a ocupar o lugar destes nas sepulturas se a natureza o permitisse. Partidários dos "Três Nãos", ao imperialismo, ao sionismo e à Coca-Cola. Outros adeptos dos "Sete Nãos". Cabeças de vento temerários, dispostos a tudo pela amizade entre os povos. Outros enfeitiçados pelas inimizades. Numa palavra, um ardor nunca visto, de arrancar lágrimas de emoção de qualquer um.

Precisamente quando parecia que tudo estava entrando nos trilhos, um relatório secreto, de uma ainda mais secreta missão enviada pela capital, afirmou às claras que a decadência prosseguia. Os canais, úteis ou inúteis, só a custo eram cavados. Os ex-vizires morriam com demasiada lentidão. Com exceção das meretrizes de luxo que "tinham abandonado seu passado burguês", não por declínio físico, como insinuavam as más línguas, mas por um desejo íntimo de aderir à nova vida, os outros, cabeças-duras arrogantes, não davam ouvidos a ninguém.

Uma cantiga de rua, dessas que brotam sem que se saiba onde, quando ou vinda de quem, espalhou-se de repente como para comprovar o relatório secreto. Os versos eram tristes e ainda mais desesperançada a melodia:

Lena está doente, fizeram a internação,
Jaz deitada no hospital, no primeiro pavilhão.

Fez-se o impossível para impedir que a cantassem, mas foi em vão.

Nunca passaria pela cabeça de ninguém que uma cantiga de hospital se tornaria o estopim de um dos mais ruidosos episódios na vida da cidade — a guerra das senhoras.

Tudo começara numa reunião em que os chefes da cidade tinham acatado a ideia do responsável pela cultura, de que, como as pessoas resistiam a abandonar as músicas, por assim dizer, íntimas, do tipo "Você me esqueceu, não, não esqueci, não passou no hospital, sua tosse não passou" e outras baboseiras do gênero, não seria ruim encomendar aos músicos da cidade duas ou três músicas do mesmo gênero, como explicar, comovente. Vá direto ao ponto, interrompera o chefe principal, canções de doença; e, sem demora, telefonara convocando os dois doutores Gurameto, o Grande e o Pequeno.

No princípio os médicos não sabiam o que dizer, até que o dr. Gurameto Grande lembrou de mencionar que, sendo eles cirurgiões, seus pacientes ou bem se salvavam ou iam direto para a tumba, de modo que não tinham tempo para maiores lamentações, e no caso seria melhor consultar os especialistas em doenças crônicas, como o tifo e especialmente a tuberculose.

Nessas circunstâncias, como se quisesse mesmo tirar partido do clima convulsionado, o cigano Dan Tísico, vigia noturno do Instituto de Higiene, compusera uma música em homenagem a sua amada, atropelada em abril daquele ano pelo caminhão-tanque do serviço de esgoto:

Sou o cigano do Instituto,
Vida que não vale a aposta.
A namorada que tive,
Matou-a o caminhão de bosta.

Depois das risadas do início, a musiquinha foi levada ao conhecimento dos chefes. Na reunião seguinte, que se revelaria funesta para todos, chegaram ao consenso de que os sentimentos íntimos não se resumiam a doenças e pornografia, compreendendo coisas mais nobres, e o responsável cultural, para sua desgraça, recitou um antigo refrão feminino:

Canta, canta, rouxinol,
Por sobre este nosso harém,
Desperta-nos se dormimos,
Mostra se chegar alguém,
Cobre-nos se nos despimos,
Faz isto e nada além.

Estimulado pelas reações — Que beleza, quanta luz, quanta fineza —, o dirigente da cultura, como se o capeta o tentasse, recordou outra cançoneta.

A tempestade logo desabaria. Antes que a semana terminasse, reunião extraordinária do Comitê do Partido. Há um cheiro de decadentismo na cidade. Nostalgia pelo regime derrubado. Veneração pelas senhoras de outrora.

As falas se tornavam mais e mais cortantes. Buscavam-se culpados. O dirigente da cultura por duas vezes desmaiou. Em sua intervenção de encerramento, por volta da meia-noite, o grande chefe não poupou ninguém, nem sequer ele próprio. O inimigo os apanhara desprevenidos. O decadentismo regressara. Nem bem ajustara as contas com as ideias de Nietzsche, o moto-perpétuo e outros reacionarismos, a cidade devia enfrentar aquela peste negra: suas senhoras. Não por acaso aquilo acontecia nas condições de um novo tensionamento com a Grécia. Os culpados deviam ser punidos sem piedade. Preparem-se para o pior.

Pouco depois do fim da reunião, ali pelas duas horas da madrugada, o responsável cultural se matou.

A CIDADE DEFRONTA SUAS SENHORAS

O tiro que acabara com a vida do dirigente da cultura era, de certa forma, também o primeiro disparo a ecoar entre aqueles que, apenas uma semana antes, estavam unidos e repentinamente se viram cindidos em dois campos opostos: a cidade e suas senhoras. Para quem conhecia o desenrolar dos acontecimentos, estava claro que o chefe caíra precisamente por causa de sua nostalgia pelas senhoras, mas, por motivos que permaneceram nas sombras, esse detalhe foi rapidissimamente ocultado e o homem terminou por ser apresentado como um adversário das senhoras, para não dizer uma espécie de mártir recém-tombado naquela nova batalha.

As assembleias contra as senhoras, distintamente das usuais, além de carecerem de aclamações e músicas, desenvolviam-se sombriamente e até com uma entonação meio acadêmica, aparentemente adequada ao tema em pauta. Fora o que marcara em especial a fala inaugural, confiada ao veterano cronista Xivo Gavo, que, afora o título monumental — "Mil anos de senhorismo" —, não fora mais que a leitura de uma infindável lista das senhoras da cidade, desde o ano 1361 até uma semana atrás.

Embora ninguém entendesse qual o significado da lista, isso não impediu que a sala, ao fim dela, e também do discurso, aplaudisse o velho cronista.

Outras intervenções preencheram mais ou menos as lacunas da fala de abertura. Uma delas — "As senhoras sob o comunismo" —, além de, como prometia o título, fornecer um amplo quadro do destino das senhoras em todo o campo comunista, de Budapeste a ex-São Petersburgo e de Bratislava até Xangai, também explicava por que as senhoras de Girokastra ocupavam um lugar totalmente à parte em toda aquela vastidão.

Aquele era também o trecho mais nebuloso do discurso, aparentemente permitindo que cada ouvinte o entendesse à sua maneira. Conforme o orador, naquela cidade a condição de senhora, ou, em outras palavras, a "senhoria", derivava não tanto dos títulos e propriedades do marido, mas de outras causas, e antes de mais nada das altas e amplas residências. Não por acaso, um arquiteto estrangeiro forjara o qualificativo: senhoras arquitetônicas.

De acordo com ele, no interior das imensas moradias, sem dúvida construídas por pedreiros insanos, debaixo de telhados visionários, por trás dos implacáveis vidros das janelas, operava-se um processo misterioso, uma espécie de distanciamento ou aluamento, trazendo os primeiros sintomas da "senhorização". Era assim mesmo a imagem que projetavam elas: muito brancas, com o colo e o ventre de uma alvura que cegava, e sob suas sedas o enigma sombrio, arrebatador, de fazer perder os sentidos.

Um suspiro de alívio acompanhou a conclusão do discurso. O orador seguinte, desde as primeiras palavras, tampouco escondeu sua hostilidade para com as senhoras. Qualificou de com certeza decadentes as cantigas delas, que poderiam despertar saudades em alguns. Quanto ao ritual do café, descreveu-o em verso:

Aí vem o momento do café,
Como o decreto de um rei...

ritual que não poucos podem ver como um sinal de dignidade aristocrática, mas para ele, um estudioso saído do povo, não passava de um testemunho de que as senhoras girokastritas, antes de serem sofisticadas aristocratas, eram mulheres das classes dominantes.

Inflamado por suas próprias palavras, ele ergueu a cabeça ao afirmar que, na realidade, fazia tempo que elas tinham tomado a cidade em suas mãos.

A intervenção do grande chefe buscando interromper o orador apenas acirrou sua agressividade. Em vez de concluir, ele prosseguiu aos brados: as senhoras não apenas dominavam a cidade, eram sua face oculta, sua alma e seu duplo. O que, segundo ele, explicava os enlouquecimentos, as excentricidades e até os jantares oferecidos a mortos naquela cidade.

O LUTO DAS SENHORAS

Que as senhoras estavam sob ataque era líquido e certo. Que aquilo não tinha pé nem cabeça também se via de longe.

A cidade estava crispada como nunca.

As assembleias sobre as senhoras prosseguiam. Entretanto, apesar de não o dizer em voz alta, a maioria pensava que talvez tivesse sido melhor não entrar naquela guerra. Com os senhores sempre era mais fácil, bastava levá-los ao banco dos réus, desmascarar sua culpa, metê-los em ferros. Com as senhoras não era possível: raramente saíam de casa, talvez meia dúzia de vezes por ano. Eram mais intangíveis que miragens.

Ao fim do verão, quando em vez de um esperado segundo

suicídio veio a demissão do grande chefe, isso foi tomado quase como uma proclamação de que a guerra fora perdida.

Porém, o debilitamento era apenas temporário. No preciso momento em que parecia que as senhoras triunfavam, ocorreu o que reza o provérbio: ri melhor quem ri por último.

Passava um pouco da hora do almoço do dia 17 de dezembro; a sra. Ganimet, da casa dos Hankoni, vestindo um quente casaco de peles, e em passos cautelosos, devido aos saltos altos, cruzava a esquina entre a rua Varosh e a do Liceu quando alguém, mais precisamente uma voz de mulher, gritou à sua direita: Bom dia, camarada Ganimet!

A interpelada estacou na hora, como se a tivessem fulminado. Ficou por um momento ali, bem no meio do cruzamento, depois, lentamente, como alguém que deseja verificar de onde dispararam contra ele, tentou girar a cabeça, mas o pescoço não a obedeceu.

Sou eu, camarada Ganimet, Trandafilia, do Conselho de Bairro. Vai comparecer à reunião de amanhã?

A atingida pelo golpe permaneceu no mesmo lugar, petrificada, em seguida esticou a mão como se buscasse apoio, aproximou-a do coração, os joelhos fraquejaram e ela tombou sobre o calçamento.

Dois ou três transeuntes que se achavam ali por acaso avisaram o hospital, que imediatamente enviou sua única ambulância.

Aquilo era só o começo. Acabara de vir à luz aquilo que aparentemente jamais se conseguiria descobrir, o modo, o jeito de deitar por terra as invulneráveis senhoras. Uma antes inconcebível temporada de caça teve início por toda parte.

Tal como cegonhas quando finda a época da migração, as senhoras da cidade foram tombando uma por uma, ali onde lhes tocava ouvir o chamado fatal: camarada!

Era a mesma cena que se repetia: a petrificação instantânea, a mão que tateava em busca do apoio de um braço inexistente, as palavras Senhor, ajude-me, por favor, depois o desejo de espiar de onde partira o ataque, o resfolegar, a fraqueza nas pernas e por fim a queda.

Assim tombaram, no mesmo dia, a sra. Nermin Fiko e a sra. Sabeko, dos Zekat, a primeira a caminho de uma visita, a última ao voltar de outra. No decorrer da semana chegou a vez da sra. Turtulli, ao atravessar a praça dos Ferros. Uma senhora da casa dos Kokalar, que pisava a rua pela primeira vez em dois anos, ao ouvir o chamado de "camarada" tratou de se refugiar, mas os joelhos lhe faltaram e por ali ela ficou. A sra. Mukadez Ianina, de quem se contava que fora por algum tempo a noiva secreta do rei, foi abatida bem no meio da ponte Velha, enquanto sua executora, tomada de um medo súbito, afastava-se correndo. Uma senhora da casa do Tchotchol chegou a dizer: Não sou camarada!, antes de perder os sentidos, mas as outras caíram sem uma palavra. Duas Maries, Marie Laboviti e Marie Kroi, soltaram apenas um grito de espanto — Ah! — e levaram a mão à boca, como se fossem rir, mas sem riso algum.

E assim foi acontecendo, na rua do Castelo, na Casa de Pólvora, diante da loja de Djuano, do Banco do Estado, na praça de Tchertchiz, onde este trucidara um major otomano logo depois de anunciar: Ei, turco imbecil, é Tchertchiz que vai matá-lo!; mais senhoras foram sucumbindo.

Era visível em toda parte que elas iam rareando.

Surpreendentemente, as pessoas as recordavam com maior frequência agora que não as viam mais. Guardavam a memória dos lugares "onde a coisa aconteceu" e outros detalhes, como o episódio da sra. Meriban Hashova, conduzida até sua casa numa padiola do Exército, ou o caso da sra. Shtino, que foi chamada de "camarada!" por uma cigana e fizera seu testamento no caminho para o hospital. Mas na maioria das vezes o aspecto lembrado era principalmente o lugar "onde a coisa aconteceu".

Acreditava-se até que um escultor, cujo nome ninguém citava, estaria entalhando algumas placas com o nome de cada senhora, seguido do dia do incidente e até de sua hora exata.

Entretanto, ficara claro para todos que depois do acontecido as senhoras tinham se trancado em suas casas para sempre. Dessa forma enclausuraram-se as sras. Pekmez e Karllashi, duas senhoras da família Tcharbeit, outra dos Ficsot e por fim a velha senhora dos Kadaré, junto com a irmã, Nesibe Karagjozin.

Não era difícil entender: as senhoras tinham perdido.

DIA 2000

O crepúsculo das senhoras não provocou qualquer júbilo. E permaneceram igualmente ocultos o arrependimento e o equilíbrio rompido.

Pressentia-se que sua ausência deveria perdurar por muito tempo. Para fabricar novas senhoras, as grandes casas — as únicas que possuíam essa habilidade — precisariam de dezenas, quem sabe centenas de anos.

Sem as senhoras, esperava-se que a cidade se embrutecesse. Em qual sentido, não se sabia. O código delas ainda era mantido em segredo. Agora que se extinguiam, desconhecia-se o que sairia das cinzas que deixavam atrás de si.

Na aparência externa, a cidade continuava a mesma. Para as aldeias e cidades das vizinhanças, humilhadas por ela, soara a hora de ajustar as velhas contas. Mas ainda não o ousavam. A cidade se mantinha. No tempo das senhoras ela fora, possivelmente, mais soberba, porém sem elas parecia mais perigosa.

Agora estava claro que a cidade era inadequada, não apenas ao novo tempo, mas a qualquer tempo que fosse.

A última novidade, de que poderia ser proclamada cidade-museu, foi considerada por alguns como uma honra, mas pela maioria como uma vergonha. Uma terceira opinião tentava acender a chama num renascimento. Voltaram mais uma vez as expressões que começavam com "novo", tal como nos tempos febris das campanhas. O beco dos Loucos encabeçava a lista dos lugares a serem rebatizados. Alguns resumiam isso num único item: demolição. Mas a demolição não era coisa fácil. Esbarrava, antes de mais nada, na casa, ou mais exatamente nas ruínas da casa do Guia,* que ficava nos arrabaldes. Outras residências, como a dos Skandulai ou a dos Shamet, ora estimulavam, ora continham a demolição. Enquanto a moradia dos Kadaré, também localizada num arrabalde, mas do outro lado da cidade, só despertava ideias sombrias. Já o casarão dos Kadaré no bairro de Hazmurat, o mesmo que fora perdido no jogo, para a vergonha da família, nunca se livrara da má fama. Mas muitos julgavam que era a outra casa dos Kadaré, em Palorto, que mancharia o nome da cidade para todo o sempre. Os motivos desse vaticínio eram desconhecidos, mas precisamente por isso ele arregimentava mais adeptos. Comentava-se que um raio, ou um bombardeio inglês, bem que podia acabar com a angústia que ela segregava.

TEMPOS DEPOIS. DIA 3000

Por mais implausíveis que parecessem, os boatos sobre o beco dos Loucos, e seu suposto novo batismo, ou aqueles sobre a demolição da cidade inteira, não passavam de um pálido reflexo do que acontecera durante aquele inverno na cúpula do regime:

---

* Referência ao líder comunista albanês Enver Hodja (1908-85), nascido em Girokastra. (N. T.)

complôs, clãs, terror. Conforme os rumores, o Guia, apesar do rosto sofrido por medo da derrocada, saíra-se vitorioso.

A decisão de reconstruir a casa do Guia, tornando-a três vezes maior, não foi senão um dos sinais que motivavam esperanças. Toda a cidade ganhava viço. As suposições sobre perseguições e subjugações pareciam insanas. Não baixar a cabeça, mas erguê-la até as nuvens: era o que estava na ordem do dia.

A difusão de uma boa notícia incrementou o júbilo. Os cochichos via de regra propagavam desgraças, mas aquele era completamente distinto. A cidade esperava por uma rara surpresa. Qual era, ninguém sabia, nem mesmo os dirigentes. Mas isso não continha o falatório. Uma celebração teria lugar, ao que parecia. A cidade receberia um hóspede ilustre, o mais importante dos importantes.

A cidade não era nenhum fim de mundo que se deslumbrasse com visitas. Além do Guia, que nascera ali, ela já hospedara o rei Zog, as princesas suas irmãs, Benito Mussolini, o também italiano Vítor Emanuel em pessoa — de quem se falava que, sendo rei da Itália e Albânia mas também imperador da Etiópia, deveria ter uma das faces pintadas de negro — e outros mais.

Havia também as visitas que não tinham se efetivado, como a do sultão otomano, no início do século, ou a da sultana valida,* cujo mordomo encarregado do desjejum era girokastrita. A última visita abortada, devido ao início da guerra, fora a de Adolf Hitler, que deveria vir para conhecer o avião movido por um moto-perpétuo, que a cidade pretendia ter inventado.

Entretanto, nenhuma dessas visitas poderia ser comparada à que se esperava. Quem viria era Stálin.

O ano de 1953 se abria com essa grande notícia. O frio não

---

* Mãe do sultão. (N. T.)

se aplacara, mas os pequenos cones de gelo que pendiam dos telhados reluziam como enfeites de Páscoa.

DIA 3033

A embriaguez causada pela notícia ia tomando conta de todos. Da manhã à noite, em todos os cafés se discutia a pergunta: Por que Stálin escolheu precisamente Girokastra? A maioria acreditava que não era preciso quebrar a cabeça para descobrir a razão: a cidade era a terra natal do Guia e sabia-se que, entre todos os dirigentes do mundo comunista afora a Rússia, Stálin não tinha nem nunca teria um admirador mais fiel que o chefe da Albânia. Outros pensavam em motivos distintos, mas não os defendiam com muito alarde ou insistência.

Fosse como fosse, sendo o motivo aquele ou um outro, ignorado, Girokastra estaria por alguns dias no ápice de sua glória. A julgar pelas aparências, a cidade tinha ao alcance da mão o sonho que ocultara por anos e anos: tornar-se, nem que fosse por uma única oportunidade, o centro do planeta.

Como acontece sempre que se exagera, bem no meio da euforia sobreveio o que foi visto como um caso de mau-olhado. Findo o mês de janeiro, quando fevereiro mal iniciara, a notícia funesta irrompeu como um relâmpago sombrio: Stálin não viria.

Passado o primeiro choque, quando, depois do sonho de estar no ápice, a cidade tombava no buraco do mundo, as perguntas choveram como granizo: por quê?

Sem dúvida o suposto visitante estava zangado. A maior parte das desgraças tem a zanga como causa. Essa fora a primeira suposição. Zangara-se, com certeza, zangara-se com Girokastra. Talvez com a Albânia inteira, para não dizer com toda a Europa.

Depois que o sultão turco anunciara que não viria, em 1908,

tinham sido necessários uns tantos anos até que se entendesse o porquê. E fora justamente um porquê jamais cogitado por ninguém: o alfabeto. Conforme o gabinete do sultão, depois de vários séculos de flerte entre o Estado otomano e a Albânia, esta, perfidamente, escolhera como seu alfabeto não as letras turcas, mas as latinas!

Naturalmente, Stálin era maior e mais poderoso que o sultão, e portanto também seu mau humor havia de ser assim, imenso e pesado como chumbo.

DIA 3042

Nunca se tivera notícia de um fevereiro pior. Sua primeira semana, em vez de concluir-se com alguma notícia atenuante, ou pelo menos sem notícia alguma, fez tremer a todos com demolidora brusquidão: os dois doutores, Gurameto Grande e Gurameto Pequeno, estavam presos.

Era a primeira vez que não se fazia um balanço comparativo. Os dois tinham sido levados à meia-noite. Usando algemas de ferro, tanto um como o outro. Conduzidos à mesma prisão.

9.

Ninguém nunca vira a grota de Shanisha, mas isso não impedia que todos falassem dela.

A grota de Shanisha vai se abrir... Você merece a grota de Shanisha, só não o mandaram para lá porque esse regime é coração mole demais... A grota de Shanisha isso... A grota de Shanisha aquilo... Haveremos de nos ver na grota de Shanisha... Quero ir para a grota de Shanisha se estiver mentindo... Quero que você apodreça na grota de Shanisha se estiver mentindo... Senhores turistas, esta é a famosa grota de Shanisha... Falava-se que iria virar um museu, que seria fechada, seria reaberta, passaria a ser uma filial da Central Geral de Inquéritos ou do asilo de loucos.

Segundo a crença generalizada, tratava-se da masmorra mais funda e sem dúvida a mais pavorosa da prisão local. Fora fechada desde os tempos de Ali Paxá de Tepelena,* e recebeu o nome de sua irmã Shanisha. Naquela masmorra eram torturados

---

* Chefe político-militar albanês (1741-1822), figura cercada de lendas, que governou parte da Grécia e Albânia antes de sublevar-se contra o Império Otomano e ser assassinado. (N. T.)

por dias e noites a fio os sequestradores e estupradores de jovens donzelas. O próprio Ali Paxá acompanhara os suplícios, através de um orifício oculto.

Desde então, embora fosse invocada como ameaça toda vez que um governo se enfurecia, a grota nunca fora aberta por ninguém. A convicção de que ela não seria mais usada se consolidara a ponto de, mesmo quando alguém mencionava algo que seria feito com a grota, antes de se falar em reabertura o pensamento voava para outro assunto: como o do colecionador holandês que se fazia passar por comprador de ícones, quando na verdade estava interessado em instrumentos de tortura.

Foi o que ocorreu mais uma vez naquele inesquecível fevereiro de 1953, quando circulou o boato de que iam abrir a grota de Shanisha. As pessoas passaram a esperar outra coisa, a libertação dos dois doutores, Gurameto Grande e Gurameto Pequeno, convencidas de que a prisão, tal como da outra vez, fora um equívoco. Porém, ao anoitecer correu a notícia que sacudiu a cidade como nunca: além da prisão não ter sido equivocada, a grota de Shanisha, depois de cento e cinquenta anos, seria aberta para encarcerar os dois médicos.

Dizer que era inacreditável seria pouco. A masmorra que não fora usada nem depois do assassinato do prefeito turco, nem depois de surgirem as suspeitas de envenenamento da sultana valida, nem depois da rebelião contra o rei, nem depois do complô dos deputados anticomunistas, agora seria usada contra os dois doutores. Parecia completamente impossível.

Mas apesar de tudo a reabertura acontecera de fato. Especialmente para eles, os doutores. O Grande e o Pequeno já estavam lá dentro naquele momento. Os dois.

Como estariam? Qual pedra usariam como travesseiro, quem lhes atiraria um cobertor? Os dois Gurameto, quem diria, na cadeia...

Teriam sido postos a ferros, chumbados a uma parede, como os estupradores de outrora? Haveriam atirado sal nas feridas da tortura? Ou estariam passando bons momentos... tratados com champanhe... com música...

Circulavam as mais inacreditáveis indagações, até que alguém se lembrou de perguntar o principal: de que mesmo eles eram culpados?

Do mesmo modo como no início foi difícil encontrar uma culpa, logo se tornou fácil. O mundo estava tão cheio de ventos e chuvas como também de culpas. Haveriam de encontrar algumas para os doutores. Culpas não faltariam, até sobrariam para outros.

Estavam as coisas nesse pé quando a entrada em cena dos dois investigadores conteve o ímpeto das fantasias acusatórias. Shaquo Mezini e Arian Csiu, ambos filhos da cidade e recém-chegados de Moscou, onde tinham cursado a Escola de Polícia Felix Dzerzhinsky. Os dois ostentavam rostos palidíssimos, gravatas muito apertadas e paletós mais compridos que o normal (dizia-se que a moda fora lançada pelo patrono da polícia secreta, que emprestara seu nome à escola; citava-se até uma proverbial frase atribuída a Dzerzhinsky: Quanto mais longo seu paletó, mais curta sua compaixão...).

A presença dos dois agentes tornou mais tangível o caso Gurameto. Os médicos estavam efetivamente na grota e nas trevas, mas pelo menos, lá longe, na superfície, seus investigadores, ou sinais provenientes deles, agitavam-se como pipas ao vento.

Na terça-feira, dia 13 de fevereiro, depois de deixarem a grota de Shanisha com seus passos pesados e seus dossiês debaixo do braço, os dois desceram as ruas de Hazmurat, dirigindo-se não à sua repartição, mas sim ao hospital.

Na porta do prédio, com o semblante exaltado por uma fúria sem sentido, Remzi Kadaré balançou o dedo para eles numa negativa. Não quero saber o que aconteceu ou deixou de acontecer aqui, não tenho culpa. Se quiserem achar o culpado, procurem nos outros Kadaré, os de Palorto...

Sua voz ia baixando de tom. Ai, ai, ai, o que aconteceu aqui... Estão preparando alguma calamidade.

Os agentes escutaram, espantados, depois marcharam pelo pátio do hospital, sob os olhares dos médicos e enfermeiras que por acaso ali estavam.

A investigação em torno dos registros das cirurgias dos dois médicos, mais precisamente a lista completa das pessoas operadas, não despertou inquietação, pelo contrário, proporcionou um sentimento de alívio em todo o grande hospital. Era a primeira vez que o cenário desconhecido deixava escapar um raio de luz. E, junto com ele, a esperança. Estavam investigando episódios de morte durante as cirurgias, algo que acontecia no mundo inteiro. Famílias se queixavam dos médicos, estes se defendiam, o assunto terminava nos tribunais.

Os agentes permaneceram na sala de arquivos por mais de quatro horas. Quando se afastavam, antes que chegassem à porta principal, onde Remzi Kadaré se dispunha a dizer alguma coisa da maior importância, segundo ele, já se comentava a primeira conclusão do inquérito. Das doze mil e tantas cirurgias realizadas pelo dr. Gurameto Grande, cerca de mil e oitocentas tinham resultado em morte, na mesa de operações ou mais tarde. A cifra de Gurameto Pequeno não chegava a mil. (A tentação de comparar os números logo se manifestou, mas dessa vez mais apagada que nunca.)

A investigação sobre os médicos seguia dois padrões. O secreto, que acontecia na grota de Shanisha, ninguém podia saber. O outro transcorria em diferentes lugares, no hospital, no necrotério, nas casas de família, às vezes no cemitério. Aos relatórios médicos somavam-se os de autópsias e testemunhos orais.

Os agentes, empalidecidos por noites em claro, apareciam cada vez mais raramente na cidade. Como tinham emagrecido, seus paletós pareciam ainda mais longos. Acreditava-se que mesmo a parte dita externa do inquérito agora adquirira sua vertente sigilosa. Surpreendentemente, esta não se vinculava aos mortos, mas aos vivos. Seriam vasculhados um por um os pacientes que se curaram, mais especificamente suas cicatrizes. A busca incluiria coisas que nem se podia imaginar, como suturas de feridas em forma de estrelas de seis pontas, velhas tatuagens e sinais, digamos, hebraicos, com misteriosos significados.

Quem ouvia aquilo dizia: Vocês ficaram malucos. Mas os interpelados contestavam: Espere, espere só e veremos o que ocorre. Esse assunto ainda vai bem mais longe e mais fundo. Como os dois médicos não eram apenas cirurgiões, mas também ginecologistas, vão investigar as partes mais íntimas das mulheres, imagina-se quais.

Os ingênuos apoiavam a cabeça entre as mãos, as mulheres choravam e não poucas pessoas concluíam que, num caso assim, mais valia que os médicos jamais saíssem da grota de Shanisha.

Enquanto isso, aqueles que escutavam estações de rádio estrangeiras, em especial de Londres, difundiram uma informação extraordinária: uma quadrilha de médicos terroristas fora descoberta na cidadela do comunismo, o Kremlin. A notícia procedia dos próprios soviéticos, que inclusive a batizaram de "Complô das Batas Brancas". Embora divulgada sem o alarido habitual, aparentemente porque este não seria necessário, a notícia estava sacudindo o globo terrestre inteiro. Um grupo de médicos, dirigido pelo centro hebraico Johannes, preparava-se para cometer o maior crime da história da humanidade: eliminar, por meio de assassinatos em escala planetária, todos os líderes comunistas, a começar por Ióssif Stálin.

Seria um crime sem paralelo. A história mundial, o próprio planeta poderia sair fora de seu eixo. O equilíbrio seria rompido por quem sabe um milênio. E não se sabe se seria restaurado.

Portanto, a cólera de Stálin, interpretada como uma implicância com Girokastra, não era uma invenção. Apenas, naturalmente, fora uma cólera contra o mundo inteiro.

A tese de um vínculo entre a conspiração dos médicos e Girokastra, assim como antes parecera uma maluquice, agora já se afigurava natural e até um vínculo primordial.

Embora desmascarado no Kremlin, o complô, sendo, como era, mundial, estava sendo investigado em todas as suas ramificações: Hungria, Alemanha Oriental, Polônia, Albânia (oh!), até na Mongólia.

Os cérebros aceleravam, febris. Não foram então gratuitas as referências à visita semianunciada do Pai dos Povos.

Estas eram decifradas de duas maneiras. A primeira: Stálin realmente viria. O centro Johannes, preparado para abatê-lo desde a primeira viagem, punha de prontidão sua célula na Albânia, quer dizer, em Girokastra. Como toupeiras, os conspiradores punham as cabeças para fora. E então eram apanhados.

Segunda variante: falso anúncio de uma visita que não seria feita. O centro Johannes cai na armadilha, e junto com ele Girokastra. As toupeiras mostram as cabeças. O castigo.

Nas duas versões, Girokastra pagava caro por seu vício da soberba. O nome da cidade, mesmo não sendo proclamado em altas vozes, com certeza fora amplamente sussurrado. O campo comunista continuava a arder em febre. Ordens, advertências, informes secretos atravessavam a escuridão.

Em 16 de fevereiro, depois do almoço, na esquina da rua Varosh, aos olhos de todos, algemaram o Cego Vehip.

A surpresa dos presentes era indescritível.

Pálida como cera, com um vestido longo, sem qualquer vestígio de violência, ela se aproximava da aldeia. Caminhava devagar. Surpreendentemente, não trazia a cabeça baixa, como se esperava, mas altaneira, o olhar perdido, como tudo mais. Assim a tinham avistado, desde quando saíra da aldeia de Kardhiq, onde a tinham violentado durante três dias e três noites a fio, e assim a acompanhavam com os olhos enquanto ela se aproximava de Tepelena. Inclusive a palidez era tal e qual a haviam imaginado, ao escutar as histórias dos mais antigos, e estes dos mais antigos ainda, na balada dedicada a ela, aquela composta não se sabe quando ou por quem, que começava com os versos:

Negra grota de Shanisha,
Ao te ver, perdi o siso.

De sua torre fortificada, usando uma longa luneta de oficial, o irmão, Ali de Tepelena, acompanhava a caminhada. Se ela era só lividez, ele se ensombrecia de cólera. Os movimentos da irmã deixavam entender que ela vinha para morrer. Nas mãos dele, sem dúvida.

E ele satisfez-lhe o desejo, abateu-a tranquilamente, com uma bala na testa, seguida de mais duas, outra na testa e uma no coração, depois mais quatro, mais catorze, Deus sabe quantas. Mas aquilo não o aplacou. Voltou a matá-la, com todos os tipos de armas, sem recobrar a calma, pelo contrário, saturado de tristeza, até que a beijou na fronte.

Mais tarde, quando ouvia a balada, exclamava consigo: Ah, por que não a matei de verdade?!

A cantiga, composta não se sabia por quem, possuía um sentido dúbio. Podia ser compreendida como uma canção dos estupradores, presos com grilhões na grota de Shanisha, uma cela que o irmão e vingador fizera escavar expressamente para eles; e também podia ser tomada como uma alusão à parte fatal do corpo feminino, o baixo-ventre, que os fizera perder a razão. Nos dois casos eram os violadores que cantavam ou gemiam.

Ali de Tepelena, o mais poderoso vizir do Império Otomano, aquele que ousara enfrentar o sultão, não conseguira, ao cabo de vinte e tantos anos, desvencilhar os versos da canção de sua versão sombria.

Em 17 de fevereiro, pouco depois da meia-noite, Shaquo Mezini e Arian Csiu, os dois agentes mais ilustres da Albânia, quem sabe até de todo o bloco comunista, enquanto desciam as estreitas escadas até a célebre grota, remoíam as palavras da balada e, junto com elas, seu terror e sua paixão estafantes que lhes entrecortavam os passos.

Os dois médicos, que eles conheciam desde meninos, foram trazidos com algemas nas mãos. Uma lâmpada elétrica produzia uma luz insuportável. Nem um nem outro sabiam ainda como as vozes soariam sob a abóbada de pedra.

Quando abriram a boca, espantaram-se mais do que previam.

As palavras eram deles, mas não as vozes. Estas soavam como se viessem de atores teatrais de épocas remotas. Apoiadas num eco de dar calafrios, esvoaçavam lentamente antes de retroceder. Voo... cês... por assaas... sina... too...

Foi necessário um certo tempo até aquela linguagem se fazer inteligível. Os médicos eram acusados da morte de pacientes durante intervenções cirúrgicas. Não cabiam indagações sobre por quê, como, quem. Não existe quem e não existe por quê. Deviam ouvir com atenção as conclusões do inquérito. Tratava-se do Estado democrático proletário, o mais justo do mundo, portanto incapaz de condenar inocentes. A investigação apontara que a acusação de assassinato não se sustentava. Haviam examinado a lista completa dos operados, a hora exata dos crimes... melhor dizendo, das mortes, e especialmente a biografia das vítimas... quer dizer, dos falecidos. A lista demonstrava que a porcentagem de mortos de todas as colorações políticas, fossem adeptos do comunismo, monarquistas, nacionalistas ou indiferentes, não apontava nenhuma preferência política dos cirurgiões. Portanto as suspeitas sobre eles caíam por completo.

O suspiro aliviado dos médicos não se fez acompanhar por um abrandamento dos olhares do outro lado. Temos apenas uma pergunta. Ela é simples, porém fundamental.

A pergunta finalmente foi feita, depois de um prolongado silêncio. Que não tinham cometido assassinatos, já era fato sabido. A pergunta era: teriam conhecimento...

Quase a uma só voz os dois médicos disseram: O quê? O assombro até fez com que o dr. Gurameto Grande deixasse escapar em alemão: *Was?*

Os agentes trataram de explicar. Não havia por que tomar as palavras ao pé da letra. Tratava-se aqui de um conhecimento genérico. Em outras palavras, de ideias que circulavam ao vento... A possibilidade de se empregar a medicina em homicídios. Assassinatos políticos, naturalmente. Visando, digamos, líderes comunistas.

Repetiram-se as mesmas expressões de espanto. Tal e qual da primeira vez, inclusive o alemão.

Nunca. Naturalmente, jamais. Eles eram médicos, tinham feito o juramento de Hipócrates. Ninguém ousaria mencionar, nem de brincadeira, tamanha monstruosidade.

O interrogatório terminou, disse um dos agentes. Como viram, fomos imparciais. Buscamos apenas a verdade. Guardas, levem os detidos.

Duas horas mais tarde, às três da madrugada, os doutores foram conduzidos de volta à masmorra. Não apenas a voz dos investigadores, mas todo o resto mudara. Agora eles eram moradores da grota, suas primeiras palavras, inclusive, foram: Creio que vocês sabem que nos encontramos na grota de Shanisha.

Os médicos responderam com um gesto que sabiam.

Os dois campos se fitaram longamente. Não pensem que voltaremos atrás naquilo que dissemos há duas horas. Por exemplo, que diremos: Ha, ha, ha, julgavam que nos apanharam? Pensaram que acreditamos que eram inocentes? Não e não. Vocês estão quites com a acusação de homicídio. Mas vamos indagar sobre outra coisa.

Entretanto, os agentes sentiam que a grota os submetera ao seu domínio. Viam-se completamente consumidos por uma paixão ardente, jamais conhecida, mesclando erotismo e sofrimento. Não eram apenas investigadores, mas também os estupradores da irmã de Ali de Tepelena, e, nessa dupla condição, eram ao mesmo tempo os torturados e os torturadores de si mesmos.

Dr. Gurameto Grande, vamos indagá-lo sobre o jantar do dia 16 de setembro de 1943...

Nenhuma palavra pronunciada até aquele instante provocara tamanho abalo em toda a figura do médico.

Ah, sim, aquele jantar... Mesmo sem ter pronunciado as palavras, elas transpareciam pelos olhos, pela respiração, pelos cabelos, tudo.

Os agentes olharam-no nos olhos.

O que querem saber?, disse o dr. Gurameto, porém num tom de voz como se dissesse: Quem poderá saber o que aconteceu ali?...

Queremos a verdade, responderam os investigadores, quase ao mesmo tempo. Tudo. Hora após hora. Minuto após minuto.

Os olhos do doutor estavam cravados no vazio.

Podia ser sabido. Podia ser dito. Até então, haviam buscado o contrário. Fazia quase dez anos que um acordo silencioso fizera com que a gélida sombra do esquecimento tombasse sobre o episódio. Esquecimento albanês e alemão. Monárquico, nacionalista, comunista...

Agora reclamavam que tudo saísse da sombra. Completo, intacto como uma múmia...

Tudo, repetiram os agentes. O que aconteceu. O que foi dito. O que não foi dito.

O dr. Gurameto Grande entrecerrou as pálpebras. Por um instante trouxe à mente a branca membrana dos olhos do Cego Vehip. Falou em ritmo lento e monótono. Apareceu-lhe com assombrosa clareza a praça da prefeitura, com o asfalto molhado e a estátua de Tchertchiz no meio. Os tanquistas recém-apeados dos carros de combate, que esticavam as pernas, os oficiais incomodados com as marcas de barro nas botas, por fim, na porta do blindado, ele próprio, e seu colega de faculdade, o comandante da tropa, coronel Fritz von Schwabe, com a túnica militar por sobre os ombros, que acompanhava sua aproximação com os olhos risonhos.

A emoção do encontro, as palavras Reconheceu-me? Mudei muito?, depois o desabafo sobre a perfídia albanesa, a ameaça de castigar a cidade e tomar reféns. Tão aterrorizante como as palavras, a condecoração da Cruz de Ferro reluzia palidamente.

Antes de falar sobre o convite para o jantar e a refeição propriamente, Gurameto perguntou se era o caso de se demorar em detalhes. Eles responderam que fizesse como lhe parecesse mais razoável e ele fez o relato do convite, de sua aceitação pelo alemão e do próprio jantar. Descreveu os participantes, o clima, com música e champanhe, sem se demorar mais que o devido na libertação dos reféns. Depois das últimas palavras sobre o amanhecer e o desfalecimento de todos, após a noite insone, fez-se um prolongado silêncio. Por fim, Shaquo Mezini o quebrou. Disse uma única palavra, mas maldosa, agourenta:

Só?

O dr. Gurameto ficou em silêncio. O outro agente inclinou-se sobre seu ombro e, numa voz baixa, quase acariciante, murmurou: O que você contou é exato, mas já o sabíamos mais ou menos. Queremos outra coisa. O que não se sabe, o enigma.

Gurameto permaneceu estático. Os investigadores se entreolharam por duas ou três vezes. Mas a espera foi decepcionante. Sacudindo a cabeça, como se descartasse uma hesitação íntima, Gurameto disse: Não há enigma.

Shaquo Mezini apoiou as costas no espaldar de ferro. Doutor, sinto dizê-lo, mas você não é sincero.

Os olhos de Gurameto se congelaram.

Eu esperava outra coisa, disse o agente.

Ele balançou a cabeça como para evidenciar que as últimas palavras lhe davam uma satisfação para além dos limites do interrogatório.

Diante de seus olhos, o dr. Gurameto Grande finalmente sucumbira. Um delírio febril se apoderara de Shaquo Mezini. Nem ele próprio aquilatara o quanto esperava por aquele momento. Nas horas ruins, quando duvidava do sucesso do inquérito, temera não tanto o descontentamento dos chefes, mas a invencibilidade do doutor. Desde o dia em que lhe falaram da investigação, todos os seus pensamentos convergiam confusa e inexplicavelmente para o prisioneiro. Observara-o por dezenas de vezes na rua Varosh, partindo em direção ao hospital, indiferente e emburrado como poucos. Sonhara secretamente em se tornar assim, alvo dos olhares de todos sem que olhasse a ninguém. Sabia que não era o único a admirar o médico, assim como sabia que a aura do outro vinha da fama como cirurgião, da faculdade na Alemanha e de tudo mais que se falava dele.

Mais tarde, quando regressara dos estudos em Moscou, era de se crer que os mitos da província tombariam mas, para seu grande espanto, permanecera intacta a consideração para com o dr. Gurameto Grande, e seu dublê, o Pequeno. Novamente se sentia atraído por ele, apenas agora a inclinação tinha algo de exaltado. O outro voltava a lhe parecer inatingível e até, pior ainda, hostil. Não fora fácil despertar em seu intelecto a consciência de que homens como o dr. Gurameto Grande eram obstáculos. Não se tratava de entraves às novas ideias, à construção do socialismo e coisas assim, mas de algo mais profundo. O obstáculo era inerente à espécie. Implacável, ilimitado, como toda rivalidade entre machos.

O dr. Gurameto Grande atrapalhava. Com seus bisturis nas mãos e a máscara branca no rosto, adquirira aquele peso que ninguém poderia jamais lhe subtrair. E, como se isso não bastasse, também era ginecologista. Na mente de Shaquo Mezini, a especialização equivalia a dizer que dominava as mulheres. Principalmente as belas. Completamente indefesas diante dele, sem extravagâncias ou olhares zombeteiros, submetiam-se. Dominar as mulheres! Precisamente aquilo que faltava a Shaquo Mezini. Ele não era mau, porém tampouco era bom a ponto de agradar às mulheres mais interessantes. Vivera uns tantos casos banais, mas nenhum com uma mulher daquelas bonitas de verdade. Quanto a dominá-las, nem pensar... Ao passo que Gurameto as dominava, sem as possuir. Estava convencido de que elas iriam de vontade própria, mesmo que não precisassem de uma consulta. Quem sabe se o médico não tocara também a genitália de sua mãe.

Tudo aquilo esvoaçara por seu cérebro como nuvens desajeitadas, porém as nuvens se sublevaram de um golpe no dia em que o convocaram para notificar que ele investigaria o dr. Gurameto Grande. Ele jamais sentira um tamanho desassossego. A febre se misturava com um tipo específico de contentamento e este, surpreendentemente, com a raiva. O raciocínio agora surgia em toda a sua nudez: Gurameto Grande, para além de ser um obstáculo genérico, vinha sendo, em primeiro lugar, um obstáculo para ele, Shaquo Mezini. E continuava a ser. Em tudo... Na escola Felix Dzerzhinsky havia uma disciplina especificamente sobre o tema, a mais difícil de todo o currículo.

A sede de vingança não se dissociava de um certo temor. O outro estava algemado, claro, mas ele ainda não se sentia seguro. Sabe-se lá por quê, parecia-lhe que as algemas poderiam torná-lo mais perigoso. Shaquo Mezini não conseguia se persuadir de que era Gurameto Grande que poderia estar com medo. Com o rabo dos olhos passava em revista os instrumentos de tortura dispostos num nicho desde os tempos de Shanisha, mas aquilo não o tranquilizava. Como poderia ter medo aquele que aterrorizara milhares com seus utensílios cirúrgicos?

Tal como ocorria com o medo, o agente estava convencido de que o dr. Gurameto jamais mentia. Medo e mentira estavam ligados e por isso uma angústia o inundou repentinamente quando se encontrou pela primeira vez diante do cirurgião. Outro sentimento ocupara de surpresa o lugar da raiva contra seu inimigo. O homem estava acorrentado, estafado, amargurado, mas sem medo.

Shaquo Mezini envergonhou-se intimamente ao sentir que, por vias travessas, gostaria de despertar não a hostilidade, mas a simpatia do outro. Quase em segredo transmitia-lhe a mensagem: Estou desolado, mas não posso fazer nada. Fale, salve-se desse suplício. Salve-nos a todos.

E eis que, tal como se tivesse ouvido aquele apelo silencioso, o dr. Gurameto Grande, prodigioso cirurgião, lenda viva da cidade, sucumbira. No instante crucial, consumara seu suicídio: mentira.

Não havia a mais ínfima dúvida a respeito. Ao longo daquelas jornadas intermináveis, os dois agentes, juntamente com seus superiores, tinham telefonado muitas vezes para Tirana; e Tirana, por seu turno, entrara em contato com outros chefes do grande campo comunista, talvez com Stálin em pessoa. Um avião aterrissara em Tirana e era esperado a qualquer momento no aeroporto de Girokastra, no instante em que a primeira brecha finalmente aparecera na blindagem do doutor.

Os investigadores mal escondiam seu júbilo.

Shaquo Mezini teve vontade de se erguer, encher os pulmões e proclamar seu triunfo. Finalmente as coisas tinham entrado nos eixos. O dr. Gurameto Grande sucumbira, ao passo que Shaquo Mezini, um jovem investigador, alçava-se sobre ele.

Foi tomado por uma onda de reconhecimento para com seu partido comunista, que operara tamanho milagre.

De soslaio, os olhos voltaram a buscar os instrumentos de tortura antes de se fixarem no homem algemado.

Dr. Gurameto, declarou com voz forte e impostada. Dr. Gurameto Grande, como o chamam, não lhe parece um tanto inacreditável o que acaba de relatar? O emocionante encontro com o companheiro de faculdade, depois de tantos anos. O amigo íntimo que, por coincidência, comandava as tropas alemãs que ocupavam a Albânia... Não acha aí uma semelhança com as lendas antigas que aprendemos na escola?... Isso para não falar do jantar com música e champanhe, da libertação dos reféns e da salvação da cidade. Não fica a impressão de que é tudo jogo de cena? Não seria melhor abrir mão desse teatro e dizer o que se esconde por trás dele?

Não há jogo, disse Gurameto, sem desviar os olhos. Não há teatro. Não faço essas coisas.

Os olhares dos agentes tinham assumido uma expressão abertamente sarcástica. O único receio de Shaquo Mezini era de que o dr. Gurameto, depois de sucumbir, achasse uma maneira de reerguer-se. No entanto, por sorte, ele ia afundando mais e mais.

E caso se verifique que foi mesmo um jogo? Se comprovarmos?

Gurameto, desdenhoso, negou com um gesto de cabeça.

Sem ocultar que esperavam por algo, os agentes conferiram os relógios de pulso, depois murmuraram algo entre si. Mas Gurameto não pareceu se impressionar.

Por mais de uma vez, num tom monótono e fatigado, repetiram-se mais ou menos as mesmas palavras sobre se os eventos do dia e da noite de 16 de setembro tinham sido ou não um jogo de cena, e os investigadores, além de mostrar abertamente que esperavam por algo, mencionaram a palavra "avião".

Esperavam por um avião vindo de Tirana. Que estava atrasado, mas aterrissaria com certeza, talvez ao alvorecer. Durante a inquirição, os agentes se lembraram do dr. Gurameto Pequeno, cujo punho esquerdo estava preso pela mesma corrente à mão direita do outro. Este não abrira a boca por horas a fio, dir-se-ia que não estava ali.

Por mais de uma vez os agentes tinham se disposto a interrogá-lo, mas logo o deixavam provisoriamente de lado, talvez por recordarem que ele não presenciara os acontecimentos daquele dia, ou simplesmente por cansaço.

A fadiga ia se impondo aos dois campos. Alguns ruídos surdos na entrada da grota mal foram ouvidos. Depois soaram passos, e uma batida ritmada, como a da bengala de um cego. O cansaço era tamanho que, em certos momentos, os investigadores não só esqueciam o dr. Gurameto Pequeno, mas tinham a impressão de que este se desvanecera como uma sombra e só restara diante deles um único doutor, Gurameto Grande. Com este acontecia coisa semelhante, com a diferença de que aos seus olhos os agentes não se convertiam em um único, mas, ao contrário, em três.

Então eram três agentes; e Gurameto disse consigo: Que sejam três ou treze, não vão arrancar coisa alguma.

Os três oscilavam como num nevoeiro, um deles até murmurou algo em alemão. Passado um intervalo, outro ruído fez com que ele abrisse os olhos e compreendesse que não estava sonhando. Tinha diante de si realmente três investigadores, e um deles de fato falava alemão. Era a segunda vez que se dirigia a ele, tratando-o por *Herr*.*

Gurameto estremeceu. Por uma brecha na grota chegava uma luminosidade acinzentada. Talvez estivesse amanhecendo. Agora todos pareciam inteiramente despertos.

Herr Grosse Gurameto, dizia o agente recém-chegado, sou oficial da Stasi, a polícia secreta da Alemanha Oriental.

O alemão de sua fala ecoava ainda mais surdamente que o albanês. Estava dizendo que voara de Berlim para interrogá-lo. O interrogatório tratava do tema mais crucial de todo o campo comunista. Portanto, convidava o prisioneiro a levá-lo a sério.

Não sei fazer de outro modo, respondeu Gurameto.

O investigador alemão disse que estava a par do inquérito, portanto pedia que ele relatasse de forma concisa, em poucas palavras, os acontecimentos do dia 16 de setembro de 1943 e da noite que se seguiu.

O dr. Gurameto fez um gesto de aquiescência. Respondeu na língua em que fora perguntado, alemão.

O relato do prisioneiro durou aproximadamente tanto quanto o da primeira vez.

Quando Gurameto terminou, o terceiro inquiridor perguntou pausadamente:

* "Senhor", em alemão no original. (N. T.)

Isso é a verdade?

É, respondeu o preso.

O silêncio fez-se insuportável. Somente então se deram conta de que um intérprete falava ao ouvido dos dois agentes albaneses.

O que o senhor acaba de relatar não é verdade, disse o alemão.

Nada se moveu no semblante do dr. Gurameto.

O coronel Fritz von Schwabe, comandante alemão que o senhor insiste ter encontrado em 16 de setembro de 1943, na Albânia, jamais esteve aqui.

A voz do alemão baixou de tom. Depois de desviar os olhos do médico algemado, ele afirmou que naquela data Fritz von Schwabe não estivera em solo albanês nem em qualquer outro solo, pelo simples motivo de estar há quatro meses debaixo da terra.

O rosto de Gurameto se decompusera. O outro continuou a explicar que o coronel Fritz von Schwabe, gravemente ferido, morrera num hospital de campanha na Ucrânia em 11 de maio de 1943, quatro meses antes, portanto, da ocupação da Albânia. O agente trazia consigo o atestado de óbito, fotografias do coronel no hospital e da cerimônia de sepultamento.

Não é preciso, interrompeu Gurameto numa voz apagada.

Subitamente ele deixou a cabeça tombar como se tivessem lhe quebrado o pescoço.

Preciso dormir, acrescentou pouco depois. Por favor.

Os agentes se entreolharam.

10.

Enquanto o falatório sobre aquela que fora chamada a perfídia do século ganhava proporções mundiais, a investigação sobre os fatos prosseguia em quase um terço do planeta. Ela estava em curso nos onze Estados comunistas, empregando vinte e sete idiomas e trinta e nove dialetos, sem mencionar os subdialetos. Cerca de quatrocentos médicos, encerrados em outros tantos cárceres, eram interrogados sem parar.

Em nenhuma das celas ficava-se sabendo o que acontecia no mundo exterior, assim como este nem suspeitava das celas. A grota de Shanisha era apenas uma dentre tantas.

Ao meio-dia do dia seguinte ainda estavam todos ali, tal como antes, os dois homens algemados, os três investigadores e o intérprete, atrás destes, na penumbra.

A verdade foi... A verdade é que desde o primeiro instante eu suspeitei que não era ele.

As primeiras palavras de Gurameto pareceram rastejar de seus lábios antes que ele sufocasse por completo.

Ele comprimia as pálpebras, como fazem todos que tentam

se lembrar de algo com a máxima exatidão. Voltou à praça da prefeitura, ao asfalto molhado e aos tanquistas, que se aproximavam da vidraça do café fechado, com as mãos em pala sobre a fronte, buscando enxergar seu interior.

Os soldados que o escoltavam indicaram com a cabeça um dos blindados, onde *ele* o aguardava. Durante o percurso tinham dito claramente: o comandante do regimento, seu colega de universidade, espera-o na praça da prefeitura.

O outro estava meio reclinado sobre o blindado, com óculos escuros, um dos joelhos flexionado. Antes mesmo de se aproximar o suficiente, Gurameto sentira um aperto no peito. Depois das palavras: Não me reconhece?, a contração se repetira. A voz lhe parecera mudada.

O outro sorria, apontando com a mão para o rosto, onde qualquer um, mesmo não sendo cirurgião, poderia distinguir as cicatrizes.

Quatro ferimentos, dissera o coronel, enquanto os dois abriam os braços para se abraçar.

Claro, os ferimentos, mas também outras coisas faziam diferença, pensara Gurameto: o uniforme militar, os quinze anos em que não tinham se encontrado, a própria guerra.

O médico relatou a conversa entre os dois, quase com as mesmas palavras da outra vez. O desencanto com a perfídia albanesa, com a quebra das regras da hospitalidade, do código de Lek Dukadjin, a ameaça aos reféns. Por fim, o convite para jantar.

Descreveu o jantar nos mesmos termos. Apenas se demorou em alguns detalhes, como o episódio da máscara. Era algo que estava na moda naquela época, nas festas estudantis, embora ele não recordasse que Fritz von Schwabe tivesse aquele costume. Além disso, não compreendia por que o outro ora punha, ora tirava a máscara. Naturalmente tivera suspeitas em algumas ocasiões, principalmente diante de algumas imprecisões do outro. Porém logo as abandonara pelos mesmos motivos: os anos, a carreira militar, a guerra. Também discorreu mais longamente sobre a manhã. Sua filha, quando vira todos adormecidos, atirados ao acaso, pensara que o pai os envenenara, assim como a seus familiares. Enquanto ele próprio desconfiara do mesmo em relação à moça.

A novidade, no relato, eram as suspeitas posteriores. Logo depois do jantar, ao invés de se desvanecerem, elas tinham aumentado. Por mais inacreditável que isso parecesse, depois do jantar ele nunca mais avistara o coronel. Uma vez em que o procurara, disseram que estava ocupado. Em outra, quando fizera indagações, afirmaram que não havia ninguém com aquele nome, Fritz von Schwabe. Até que um dia, por acaso, ouviu dizer que ele fora deslocado para outro lugar, a serviço. E desde então não ouvira mais falar do coronel.

Uma inclinação da cabeça deu a entender que o prisioneiro terminara seu relato. Porém, um instante mais tarde ele acrescentou que possivelmente o jantar fora condenado igualmente pelo campo contrário.

O quê?, indagaram os agentes quase em uníssono.

Eu disse que o jantar pode ter sido condenado também por eles... os alemães.

Ah.

O silêncio prolongou-se, a ponto de convencer a todos de que tudo que havia por dizer fora dito.

Os investigadores sussurraram algo entre si.

O primeiro a falar foi Shaquo Mezini.

A essência da minha interrogação se resume em duas palavras: Por quê?... Explicando melhor; um indivíduo chega do outro lado do mundo, à frente de um regimento que é o primeiro a violar as fronteiras de um país, e, de repente, cisma de mudar de nome e fazer-se passar por quem não é... A pergunta surge naturalmente: Qual o sentido desse jogo? Por quê?

O prisioneiro algemado deu de ombros, como quem diz: Não sei.

A voz do investigador ia ficando cada vez mais retumbante. O que há de ter passado por sua cabeça? Onde achou tempo, naquelas condições... em meio ao perigo... de inventar a fábula do colega de escola... insinuar-se no jantar... Era uma encenação dele? Uma encenação de vocês dois? Fale. O que era?

Não sei, respondeu o acorrentado. Encenação dele, talvez; minha, não.

Gurameto, não use estratagemas. Aquilo não era uma brincadeira, era algo grave. Da maior gravidade. Fale!

Não sei.

Vocês sabiam que iriam se encontrar. Haviam combinado entre si. Sobre os códigos, as máscaras, os pseudônimos. Fale!

Não.

Conhece esta escrita? Este nome?

Era o agente alemão que intervinha, estendendo uma curta carta em alemão, ao fim da qual, depois das palavras "Jerusalém, fevereiro de 1949", estava escrito "dr. Jakoel".

Eu o conheço, respondeu o prisioneiro. Foi meu colega, o farmacêutico da cidade, judeu, foi para Israel, em 1946.

O que mais?

Era um dos reféns libertados naquela noite.

Ahn... Um coronel nazista, agraciado com a Cruz de Ferro, liberta o primeiro judeu que captura na Albânia. Por quê? *Sprich!**

O prisioneiro deu de ombros.

Herr Gurameto, não fiz dois mil quilômetros de voo para ouvir histórias delirantes num cárcere medieval. Repito a pergunta: Por quê?

---

* "Fale!", em alemão no original. (N. T.)

Porque eu pedi.

Ahn. E por que pediu? E por que ele o atendeu? *Sprich!*

Porque éramos... segundo ele... colegas de escola.

De escola? Ou de outra coisa? *Sprich!*

Não sei o que dizer.

Herr Gurameto, sabe o que é Johannes?

Não. É a primeira vez que ouço falar.

Pois vou lhe dizer. Era Shaquo Mezini que intervinha. É um antigo centro judeu. Uma seita de assassinos com o objetivo de instaurar o domínio judeu sobre todo o planeta.

É a primeira vez que ouço falar.

O crime que tramavam? O mais monstruoso, o assassinato dos chefes do comunismo mundial, a começar por Stálin.

É a primeira...

Basta. Não me interrompa. Fale! *Sprich!*

É a...

Chega.

Vocês não me deixam falar.

Fale!

Os interrogadores entrecruzavam perguntas.

Há aqui um enigma, admito. Mas vocês podem decifrá-lo. Têm os meios para isso. Têm o verdadeiro nome dele... Daquele que se fez passar por um morto. Talvez esteja aí com vocês.

Basta! Está aqui para ser interrogado, não para interrogar-nos. Fale! *Sprich!*

Não sei o que dizer.

Vamos obrigá-lo. Temos os meios.

Os olhos deles e, em seguida, os do prisioneiro se voltaram para o nicho onde estavam os instrumentos de tortura. Ganchos, facas, pinças para a extração de olhos, alicates para esmagar testículos. Conforme os relatos, eram as torturas praticadas com estes últimos que Ali Paxá de Tepelena acompanhava com maior atenção através de um orifício na parede.

Os agentes voltaram a sussurrar entre si por certo tempo.

Dr. Gurameto, disse Shaquo Mezini, que já não ocultava sua condição de chefe. Em que pesem os atritos, temos a esperança de que nos entenderemos. Como pode ver, suspeitamos de algo ruim, macabro. Nós, foi nosso Estado que nos confiou esta missão, suspeitamos. Para defendê-lo, naturalmente. Não acreditamos que você seja hostil a este Estado. Faz anos que trabalha para ele. Portanto, assim como nós, não quer que o regime venha abaixo. Concorda? Fale!

O outro repetiu o mesmo gesto.

As coisas estão no seguinte pé: há algo indecifrável nos acontecimentos que estamos investigando. Há um enigma em todas as suas etapas. Queremos saber o que se esconde por trás disso. O que significou aquela encenação inicial? E depois o próprio jantar: o que aconteceu verdadeiramente ali? De onde vinham as ordens? Como vocês se entenderam? Quais os sinais, os códigos cifrados? Devo insistir que se trata de uma conspiração mundial, onde você se envolveu talvez sem plena consciência? Fale!

O prisioneiro ergueu a cabeça. Às vezes movia os lábios, como se quisesse testá-los antes de tomar a palavra.

Vocês suspeitam que o coronel alemão participava do complô do qual estão falando? E, evidentemente, eu também?

Por que não? Fale!

Minha resposta é: eu não; quanto a ele, não sei.

Acreditou, nem que fosse por um só instante, que seu convidado para o jantar era um... morto?

A indagação fora feita pelo outro agente albanês, que abrira a boca pela primeira vez naquela noite.

O prisioneiro piscou os olhos.

Como contei, eu desconfiava que não era ele. Que era um morto, também, mas apenas num lampejo. Era uma lenda conhecida na cidade, contada por todas as avós. Mesmo que eu não quisesse, tinha de me acorrer à mente.

Ahn. Fale!

Posso comprovar que desconfiei. Tenho uma testemunha direta.

Sabemos, interrompeu o agente. O Cego Vehip. Sabemos tudo.

Foi o que imaginei desde que vocês o prenderam.

Prossiga. Fale!

Gurameto começou a narrar a conversa com o cego, à luz desbotada do poste, na esquina da rua Varosh com a do Liceu.

Enquanto falava, a imaginação transportava-o involuntariamente ao interrogatório que com certeza fora feito. As perguntas deles e as respostas do cego. Está mentindo, velho. Você sabe alguma coisa, mas não diz. Não sei, talvez eu tenha esquecido. Aquela conversa foi há tanto tempo, por que foram se lembrar dela agora? Isso é problema nosso; fale! De onde você tirou que o dr. Gurameto convidara um defunto para jantar? Fale! Não sei dizer. A ideia me surgiu. Você não tem olhos. Nunca viu nem os vivos nem os mortos. Como distingue uns dos outros? Fale! Nem eu mesmo sei dizer. Você sabe coisas que nós não sabemos? Nós com dois olhos, você sem nenhum? Como sabe? Fale! Não sei. Como soube especificamente daquilo, logo você, que não tem olhos? Não sei, talvez justamente... O quê? Fale! ... Justamente porque não tenho olhos.

Gurameto estremeceu. Estava convencido de que iam repetir trechos de seu interrogatório, assim como haviam feito com o do cego.

Na realidade, o primeiro interrogatório, que agora era empregado contra si, fora ele próprio quem fizera, nove anos atrás, na esquina, sob o poste desbotado.

Era o mesmo, céus! Quase copiado.

O prisioneiro levou a mão à fronte. Numa voz baixa, disse que precisava se recompor.

Naturalmente suspeitara, o tempo inteiro. Principalmente durante o jantar. Havia momentos em que parecia que os dois estavam a ponto de afirmá-lo. Meu caro, inesquecível amigo, será que você não está... morto? E o outro responderia: Então o que você pensava? Claro que estou...

O prisioneiro voltou a dizer que nada pretendia ocultar. Era o próprio episódio que tinha qualquer coisa de dissimulado, que lhe escapava.

Surpreendentemente, não o interromperam.

Desde que o avistara na praça da prefeitura, apoiado no veículo militar, assistia ao combate entre duas conclusões opostas: é ele, não é. Era e não era, parecia e contrastava com seu colega de faculdade. Repentinamente se lembrou da passagem que testemunha a ressurreição de Cristo da tumba. Seu corpo era e não era semelhante ao de Jesus. As Sagradas Escrituras assim o chamavam, *soma pneumatikon*, o corpo feito sopro, corpo espiritual.

Pelo semblante dos investigadores, Gurameto compreendeu que a menção a Cristo provocara nervosismo e, mais ainda, temor. Talvez precisamente por isso não o haviam interrompido.

Tudo transcorrera assim, bipartido, explicou o prisioneiro. Às vezes ele tomava o coronel por morto, às vezes o outro parecia a um passo de se apresentar como tal. Até aquele gesto de retirar a máscara repetidamente dava a sensação de ser um sinal que o outro fazia, mas que ele, Gurameto, não conseguira entender.

Um sinal, murmurou Shaquo Mezini, como se delirasse.

Os investigadores se entreolharam. O prisioneiro admitia, pela primeira vez, que o conspirador lhe fizera sinais.

Já passava das três horas da madrugada. A voz de Gurameto estava cansada. Ele dizia que aparentemente o morto trouxera consigo normas e signos do outro mundo. Por isso produzia tanta opacidade e incompreensão.

O prisioneiro murmurou que não estava mais em condições de falar. Amanhã tentarei dizer mais.

Depois de uma confabulação de pé de ouvido, eles aceitaram o pedido de descanso.

Era o segundo pequeno avião que aterrissava no aeroporto da cidade naquela semana. Depois de dez anos de abandono, tamanha assiduidade parecia assombrosa. Da primeira vez mal haviam conseguido desvencilhar a pista das ervas daninhas, e nem se falava de iluminação. Pessoas com tochas nas mãos tinham esperado por horas a fio, no frio cortante de fevereiro, a chegada do aeroplano.

Dessa segunda vez, por fortuna, o avião aterrissara à tarde. O vento da garganta de Tepelena, caprichoso como sempre, tentara derrubá-lo bem no último instante.

Era óbvio que algo de extraordinário acontecia. Mas raros eram aqueles que cogitavam alguma ligação com o interrogatório na grota de Shanisha.

Na realidade, o homem que desembarcara do avião era um agente russo. Em contraste com o alemão, seco e cheio de rugas, ele tinha uma aparência desapontadora. Era gorducho, quase calvo, e sobretudo tinha um andar tranquilo de paizão.

Shaquo Mezini e Arian Csiu, que foram recebê-lo no aeroporto, não ocultavam sua decepção. Mas para mudarem de opinião bastaram as primeiras palavras, enquanto caminhavam da pista até o modesto prédio do campo de pouso e principalmente no trajeto de carro até a cidade.

Apesar da aparência, logo se sentia que era uma figura importante. Conversaram livremente em russo, e antes de chegarem ao hotel os dois albaneses tinham adquirido a convicção de que ele vinha diretamente do Kremlin.

A conversação ocorreu num canto isolado do hotel. O russo percebeu tudo num instante, parecia estar havia anos familiarizado com aquele dossiê. Viera para ajudar e não fazia segredo de que sua experiência remontava aos tão comentados processos de Moscou.

Os dois albaneses expuseram em que pé estava o interrogatório, qual o auxílio dado pelo agente alemão, em quais pontos tinham a esperança de dobrar o médico e em quais outros não se sentiam seguros.

As diretivas do russo eram de uma espantosa precisão. Na próxima sessão poriam à prova a integridade dos prisioneiros, especialmente de Gurameto Grande. Seu desenvolvimento iria condicionar tudo mais. Exigiriam respostas exatas, especialmente para algumas questões. O que fora falado durante o jantar ao pé do ouvido do hóspede estrangeiro? Por que o prisioneiro se julgara seguro a ponto de tratar o coronel alemão quase em pé de igualdade? Donde extraíra a coragem de certas réplicas, especialmente a respeito do judeu Jakoel?

Constrangidos, os dois agentes o interromperam para expressar seu assombro. Até o momento estavam convencidos de que investigavam um aspecto da grande conspiração judaica; agora, a demanda era completamente distinta.

Antes que concluíssem a frase, os olhos do agente russo brilharam como brasas. Ele sabia o que queriam dizer, mas tudo girava exatamente em torno daquilo. Estavam apenas nas preliminares da fase culminante que estava por vir. Deveriam pôr à prova a boa-fé dos prisioneiros, como dissera no início, e simultaneamente era preciso convencê-lo de que tudo já fora descoberto.

Como vocês podem imaginar, entre todas as indagações a principal é a do diálogo ao pé do ouvido. O prisioneiro pode conjecturar qualquer coisa, mas nunca que alguém mais soubesse daquilo. Assim, ao ser informado, vai se apavorar.

Os agentes albaneses arregalaram os olhos.

Não se espantem, atalhou o russo. Não falo no vazio e isso não é um blefe. Nós sabemos daquilo, talvez mais exatamente do que ele próprio é capaz de lembrar...

Os agentes o fitavam atônitos, sem esconder seu embevecimento.

Ele disse, por exemplo, a frase: Eu não sou a Albânia, assim como você não é a Alemanha, Fritz... Nós somos uma outra coisa...

Desculpe-me, disse Shaquo Mezini, mas, se é assim, isso significa que Fritz von Schwabe está vivo e...

Não, interrompeu o russo. Ele morreu, tal como disseram nossos colegas da minuciosa Alemanha.

Os límpidos olhos do russo, olhos de boneca, fitaram-nos sorridentes. O misterioso coronel efetivamente morrera, mas por enquanto não havia necessidade de os dois investigadores saberem mais. A experiência mostrava que isso podia estragar as coisas. Por enquanto eles deviam insistir nas conversas de pé de ouvido. Elas eram a chave de tudo... Se o médico estava sendo sincero, tanto melhor. Caso contrário, pior para ele. Quando se desse conta de que eles sabiam, sucumbiria.

Aquela sessão do interrogatório seria decisiva. O prisioneiro prometera falar. Ele próprio, o russo, acompanharia tudo pelo orifício na parede, precisamente o mesmo que Ali Paxá de Tepelena usara para acompanhar por noites a fio a tortura dos estupradores de sua irmã.

Por Deus, até disso ele sabe, murmurou Arian Csiu.

O quê?, perguntou o russo. Mas o embevecimento nos olhos dos dois permanecia tão evidente que ele riu outra vez com seus claros olhos de boneca.

11.

Mais tarde, à meia-noite, Gurameto Grande fora levado sozinho para a grota de Shanisha. Era a primeira vez que seria interrogado sem Gurameto Pequeno. No entanto, como tinham esquecido de tirar-lhe as algemas da mão esquerda, que o atavam à mão direita do outro, os movimentos de seu corpo eram desajeitados. A ausência de seu colega fazia com que ele experimentasse uma insistente sensação de vazio.

Você prometeu falar, disse Shaquo Mezini numa voz pausada.

O prisioneiro aquiesceu com a cabeça.

O interrogatório daquela noite foi longo e exaustivo. Ao contrário das outras vezes, os investigadores não o interromperam. Ele supusera que as interrupções em forma de rajada eram a melhor maneira de confundir uma vítima. Agora constatava que a não intervenção era igualmente perturbadora. Em dado momento julgou até que o faziam de propósito, para melhor estafá-lo.

Falara durante certo tempo sobre o que sabia a respeito das

conversações secretas com os alemães. Isso fora antes da ocupação. O lobby pró-germânico era mais possante que os rivais. A nata da elite nacionalista, como a chamavam, possuía uma formação cultural alemã. Era o caso de Mehdi e Mithat Frasheri, da célebre família dos Frasheri, do arquiteto Karl Guega, construtor da ferrovia alpina de Semmering, de Ecrem Tchabei, o maior linguista da Albânia, de Langush Poradecs, poeta idolatrado, do padre Anton Harapi, figura moral impecável, de Lef Nossi, o intelectual do momento, de Redjep Mitrovicsa, ilustre político de Kossova, e dezenas de outros.

Depois de muito esperar que indagassem: E você, famoso cirurgião, que lugar ocupava nessa elite?, Gurameto adiantou-se e respondeu. Pensava que, mesmo tendo conhecido uma parte da tal elite, não pertencera a ela. Nem, menos ainda, se classificara como um colaboracionista. Assim como Tchabei e Poradecs não entravam nesse rol. Como muitos que haviam estudado na Alemanha, ele experimentara uma inclinação, uma atração, não o negava, mas isso não devia ser confundido com nazismo. Era uma inclinação pelo germanismo... Parecia natural... Naquela época muitas coisas não estavam tão claras como agora... Ele era cirurgião... Acontecia de realizar dez operações por dia... Não lhe restava tempo para mais nada... Voltava para casa à meia-noite... Nem chegava a tirar o jaleco...

Por fim eles o tinham cortado, para recordar que a pergunta era sobre as conversações secretas que precederam a ocupação.

Naturalmente ele ouvira falar. Conhecia até bastante sobre elas. Os alemães tinham se preparado para a Albânia. Sabiam que cedo ou tarde iriam entrar ali. Dessa forma, tinham tratado preliminarmente algumas questões com seu lobby albanês. As questões convergiam para um ponto essencial: os alemães viriam não como ocupantes e sim como libertadores. Essa essência produzia alguns condicionamentos: evitar massacres punitivos, respeitar os costumes do país, especialmente os relativos à honra, à palavra empenhada, às mulheres. Isso, e outras coisas do gênero, ele sabia.

Um dos agentes interrompeu-o. Quer dizer que esse conhecimento fez com que você se atrevesse a pedir a libertação dos reféns?

Naturalmente, respondeu o prisioneiro. Eu estava quase convencido de que os alemães tratariam de fazer esquecer seu primeiro massacre, em Borova, e que não haveria uma segunda carnificina.

E a libertação do judeu Jakoel? De onde saiu a ousadia para o pedido?

Por um instante os olhos do investigador e os do preso se confrontaram.

O caso do judeu Jakoel tinha a ver com o respeito aos costumes. Pelo que ele sabia, fora um dos pontos mais delicados das conversações. Os futuros governantes albaneses haviam insistido na questão dos judeus.

Você está fazendo a defesa dos colaboracionistas?, interromperam a uma só voz os investigadores.

Não faço a defesa de ninguém. Pelo que sei, nem os comunistas eram contra esse princípio.

Mais tarde nós fuzilamos os colaboracionistas, disse Shaquo Mezini. Você sabe bem: o padre Anton Harapi, Lef Nossi.

Eu sei. Mas não foi por causa dos judeus.

Prossiga, disse o agente.

Então, o caso do judeu Jakoel tinha a ver com os costumes. Além disso, Fritz von Schwabe conhecia bem nosso código ancestral. Tínhamos conversado tantas vezes sobre ele... Os judeus da Albânia, assim como aqueles que tinham se refugiado aqui naquela época, estavam protegidos pela *bessa* de seus hospedeiros. Em outras palavras, eram intocáveis.

Shaquo Mezini folheou por algum tempo as anotações que tinha à sua frente.

Muita coisa fora dita à mesa de jantar. Eles sabiam de todas. Porém ele indagaria sobre uma. Ali por volta da meia-noite, o morto, ou o suposto coronel Fritz von Schwabe, dissera: Você vai ouvir esta música de outro modo. Qual era o significado dessa frase?

A fronte do prisioneiro se enrugou. Ele realmente lembrava daquela frase. Lembrava até do sorriso com que o outro a acompanhara. Mas nunca atinara com seu significado.

E as conversas de pé de ouvido?, questionou Shaquo Mezini. Por mais que isso possa lhe parecer inacreditável, nós também as conhecemos... Ele inclinou-se sobre a orelha direita do médico para dizer num sussurro: Eu não sou a Albânia, assim como você não é a Alemanha, Fritz... Nós somos uma outra coisa... Recorda essas palavras?

Talvez.

Nós somos uma outra coisa... Uma afirmação surpreendente, não é?

Hum, fez Gurameto. Algumas coisas eu recordo, outras não. Eram insignificâncias, sobre umas moças que conhecíamos, e além disso não muito exatas... Ao passo que um sonho que ele me lembrou era espantosamente preciso. Inclusive, em momentos de dúvida, foi ele que me convenceu de que o outro era realmente Fritz von Schwabe.

Ah, sim?

Foi um sonho que tive, e que contara apenas a ele. Na verdade, um sonho sem nenhum sentido especial. Um pesadelo, em que eu estava estendido na mesa de operação, sofrendo uma cirurgia, e o médico que me operava era eu mesmo.

Ah.

Shaquo Mezini aproximou-se outra vez do ouvido... Já conversamos... lá na taverna. Só se você não é mais o que era então... Recorda essas palavras, doutor?

O prisioneiro fez que não com a cabeça.

O que fora falado lá na taverna?, prosseguiu o investigador. E qual era a suspeita de um de vocês em relação ao outro?

Gurameto fez o mesmo gesto de negação.

Quando uma pessoa diz a outra que "só se você não é mais o que era então", eu interpreto isso como uma suspeita em relação a alguém que está voltando atrás num compromisso, um pacto.

O prisioneiro disse não recordar. Talvez fosse algo sobre os antigos costumes.

Os agentes fizeram outras perguntas, sem pressa nem nervosismo. O coronel às vezes era designado por seu nome e às vezes como "o morto". O que disse o morto sobre isso ou aquilo? Por que você se sentia em pé de igualdade em relação ao morto?

Nesta indagação os investigadores se detiveram mais longamente. Você era um médico de província; enquanto ele era o comandante de um regimento de tanques, e, mais ainda, vitorioso. De onde provinha a sensação de igualdade?

O prisioneiro deu de ombros.

Não sei. Das lembranças da camaradagem estudantil, talvez.

Isso não é o bastante, insistiu Shaquo Mezini. Diga em duas palavras: quem recebia ordens de quem?

Não entendo.

Estávamos falando da ousadia. De onde vinha ela?

O interrogatório inadvertidamente passara a girar em falso.

A ousadia de solicitar a libertação dos reféns vinha de onde?

Não sei... Quem sabe do próprio jantar.

A voz do prisioneiro tornou-se vagarosa. Vinha daquilo que eles tinham mencionado antes, mas principalmente do jantar em si. Um convite para jantar que na hora parecera tão natural quanto se figurara desnaturado depois.

O que fiz eu!, dissera ele, assim que chegara em casa. A mulher e a filha tinham reagido do mesmo modo. Aquele jantar devia ter uma justificativa, do contrário ele seria chamado de traidor, e, como tal, fuzilado pelos seus. A justificativa para o jantar só podia ser a libertação dos reféns.

Pareceu-lhe surpreendente que já não o atormentassem a propósito da grande conspiração... de Johannes... Depois, em meio à fadiga, espocou, com rara clareza, a suspeita: por que eles sabem tanto?

Por quê?, repetiu consigo. E de onde?

Como num clarão, seu cérebro registrou fragmentos de cenas, a mulher, a seguir a filha, as duas desgrenhadas, torturadas, estupradas, e os gritos: Fale! *Sprich!*

Não, raciocinou. Era a grota que inspirava aqueles temores. Nem eles poderiam fazer coisas assim. Então, quem?

Fritz, disse consigo. Vivo, algemado, tal como ele. Interrogado.

Os agentes mantinham seus olhos cravados nele, que sacudia a cabeça contestando a si mesmo.

Então, alguém mais...

Certamente. O jantar, desde então, fora do início ao fim um interrogatório.

Todos sob suspeita, de ambos os lados.

Seu olhar vazio deteve-se nos agentes, como se buscasse entender algo. Mas os outros estavam igualmente ocos.

Bravo! Esplêndido!

Encantados, os investigadores ouviam seu colega russo.

Estavam reunidos numa cela vizinha, improvisada como escritório temporário, logo depois da sessão.

Nós saber tudo... Ha, ha, ha, gargalhava o russo, enquanto se esforçava para reproduzir as palavras em albanês. Vocês foram fantásticos, rapazes, repetiu. Digam-me, aqui entre nós: vocês também chegaram a desconfiar que Fritz von Schwabe podia estar vivo, em nossas mãos, contando tudo que aconteceu?

Em meio a risadas, eles admitiram que, mesmo sabendo a verdade, tinham hesitado.

Pois então volto a afirmar-lhes: não. Nossos colegas alemães foram precisos quando disseram que ele morreu em 11 de maio, num hospital de campanha na Ucrânia. Então, quem era "o morto"?

Ele serviu-se de outro café com leite, antes de abrir com seus dedos gorduchos a pasta que tinha consigo.

Enquanto bebia o café, extraiu da pasta um maço de fotografias.

Aqui está "o morto", disse, mostrando uma delas. Coronel Klaus Hempf, condecorado com a Cruz de Ferro. E aqui está ele de novo, ou melhor, aqui estão os dois coronéis, o morto de verdade e seu espectro, em maio de 1943, com as cabeças cobertas de ataduras, no hospital de campanha na Ucrânia ocidental. E para concluir aqui está Klaus Hempf num cenário que penso que vocês conhecem.

Eles soltaram uma exclamação de surpresa. Recostado num veículo militar, o coronel Klaus Hempf, na praça da prefeitura de Girokastra, sorria sob os óculos escuros. Via-se a estátua de Tchertchiz e ao fundo a casa de Remzi Kadaré.

Inacreditável, soltaram quase a uma voz.

Agora me escutem com atenção, continuou o russo.

Economizando as palavras, ele tratou de expor os fatos. Em maio de 1943, no hospital de campanha alemão, por puro acaso, dois coronéis se conhecem. Ambos estão feridos, um deles, Fritz von Schwabe, em estado grave, desesperador, o outro, Klaus

Hempf, levemente. Este último, logo depois de ter baixa no hospital, aguarda, junto com a patente de general, o deslocamento para um novo front. O outro só espera a morte.

Uma típica amizade de hospital de campanha, amizade de fim de vida. Corações que se abrem, momentos de fraqueza convertida em saudades, enunciação de testamentos. Casualmente os dois coronéis acham um ponto em comum: os Bálcãs. Klaus Hempf servirá ali quando sair do hospital. Fritz von Schwabe sonhou a vida inteira com a península Balcânica, devido a um grande amigo dos tempos de faculdade, Gurameto, que é dali. Os dois leram o escritor da moda Karl May, cujos romances enaltecem os costumes vindos de épocas remotas, em especial os albaneses: a hospitalidade, a palavra empenhada, o código de Lek Dukadjin. Gurameto falava muito a esse respeito.

Fritz, ao que tudo indica, não irá mais a lugar algum, nem à Albânia, apesar do que prometera a Gurameto. Ele solicita ao outro coronel que cumpra um legado: caso seus caminhos se cruzem, procure o ex-estudante e transmita seus cumprimentos. Fornece o endereço: dr. Gurameto, rua Varosh, 22, Girokastra.

Klaus promete. Estamos em 11 de maio de 1943. Fritz morre, praticamente nas mãos do outro.

Passam-se quatro meses e Klaus poderia ter esquecido a promessa, se o destino não o escolhesse para, em 16 de setembro de 1943, comandar o regimento de tanques que penetra na Albânia. O nome da cidade traz à memória a promessa. Ele acha o endereço em sua agenda. E assim acontece o que se sabe: o encontro com o dr. Gurameto, o capricho de se fazer passar pelo camarada, o convite, o jantar.

Parece um pouco com um filme melodramático?, provocou o russo. Parece, e até, eu diria, com uma história da carochinha. Com certeza vocês gritaram durante o interrogatório: Não venha com sua história da carochinha, o que se oculta por trás dela? Fale!

Eles balançaram a cabeça, aquiescendo.

No entanto, não é uma invenção. O dr. Gurameto não mente. O episódio realmente aconteceu assim. Tudo comprovado, não por suposições ou falatórios, mas por nossos arquivos.

Depois das fotos, o agente russo extraiu da pasta algumas fotocópias. Eram anotações de Klaus Hempf. Partes de um diário.

O russo complementou os papéis com explicações lacônicas. O jantar lhes parece nebuloso? Nada disso. Eis as palavras que foram ditas, anotadas desde a manhã seguinte, com exemplar precisão.

Ele estendeu quatro folhas datilografadas.

Vão esfregar os olhos como se vissem um fantasma? Reparem no timbre em cima de cada folha.

O que leram provocou mais calafrios que um fantasma. No cabeçalho de cada folha estava a palavra "Gestapo".

Não passou pela cabeça de vocês que um dos acompanhantes do coronel no célebre jantar fosse um homem da Gestapo? Pois estas são as anotações que ele fez, achadas por nós nos arquivos da Gestapo.

Nós saber tudo, ha, ha, ha!

Vocês indagarão se o heroico coronel estava sob observação? A resposta é: naturalmente. Em tempos assim todos estão sob suspeita de tudo. Você não se torna suspeito; você é.

Nós saber tudo? É isso?

Entretanto, eu que os felicitei, agora vou afligi-los: há casos em que não sabemos tudo. E este é um caso assim.

Ele terminou de sorver seu café.

Não sabemos algo essencial. Não sabemos por que o coronel Klaus Hempf, ali na praça da prefeitura, em vez de dizer ao dr. Gurameto que tinha uma mensagem de seu colega de faculdade, apresentou-se como se fosse Fritz von Schwabe.

Por um bom tempo o russo manteve os olhos cravados nos dois.

Um capricho? Com certeza sim. Está na ficha pessoal dele, nos traços de caráter, escrito: espírito caprichoso, às vezes delirante.

É algo que acontece frequentemente a esses tipos inflamados, heroicos. Ainda assim, não conhecemos a fundo o porquê do capricho. O enigma persiste. O jantar oculta um mistério.

Como decifrá-lo? Por onde?

Ele serve-se de um terceiro café e, em meio ao silêncio, prossegue:

Eles todos estão agora debaixo da terra.

Os agentes albaneses escutam estupefatos.

Debaixo da terra junto com sua verdade, acrescenta o agente russo.

Antes que me perguntem como fazer para descobri-la, devemos indagar se temos necessidade disso.

O dr. Gurameto falou da estratégia alemã em relação a este país, mencionou pactos secretos etc. Naquela época eles eram importantes, mas hoje não passam de restos de épocas mortas. A Albânia tornou-se comunista, esse caso está encerrado. Ainda assim eu repito: o jantar oculta um mistério. É um jantar envolto em trevas, desde o instante em que o coronel alemão aparece como alguém vindo do outro mundo.

A treva apavora qualquer investigador. Mas não a nós. Ao contrário, é na treva, no vazio, que instalaremos um outro enigma. O enigma deles, tal como a verdade deles, não nos serve. Vamos substituí-los pelos nossos.

E agora me escutem atentamente.

A noite de 27 de fevereiro estava sufocante. Repetidas vezes Shaquo Mezini tentou adormecer, mas não era possível. Ouvira dizer que relâmpagos silenciosos atrapalhavam o sono. Por duas ou três vezes aproximou-se da janela para seguir as luzes que serpenteavam sobre a prisão. Fazia muito tempo que não via relâmpagos assim. Parecem falsificados, pensou. A engenhoca avariada do raciocínio trabalhava fora de controle. O fio que conduzia o trovão quebrara. O raio penetrava nas profundezas da prisão, até a grota de Shanisha. Incinerava Gurameto.

Apanhou arrebatadamente o casaco de inverno jogado sobre a cadeira. A meia-noite se aproximava. Desceu as escadas sem ruído e saiu à rua.

O jipe do Departamento de Polícia esperava no fim da ruela. Arian Csiu estava dentro dele. Saudaram-se em voz baixa. Que noite!, exclamou Arian Csiu. O veículo a custo subia a rua. Sr. Gurameto, refletimos longamente sobre seu caso.

O quê?, admirou-se Arian Csiu, numa voz abafada.

Nada... Será que falei sozinho?

Parece que sim.

Dr. Gurameto, suspirou consigo Shaquo Mezini. Minha opinião é que você saiu dessa investigação como um honesto idealista. Somos também desse mesmo estofo. Idealistas, só que com outro ideal. Afortunadamente, estamos de acordo num ponto: a nação. Você está convencido de que serve à nação com aquilo que faz. Nós julgamos que somos nós que servimos. Não é possível ambos termos razão. Ou é você, ou somos nós. Dr. Gurameto, vamos ver quem será.

Pela mudança no ruído do jipe, entendeu que tinham penetrado na fortaleza. As raras lâmpadas mal deixavam ver as arcadas. No cérebro de Shaquo Mezini, fora de seu controle, agitavam-se os pensamentos que ele remoera nas últimas trinta horas.

Poderíamos escolher o caminho mais curto. Condená-lo, num piscar de olhos. Colaboração com o ocupante. No momento em que o povo se confrontava com os invasores, você oferecia-lhes um jantar com música e champanhe. Quem comete um ato desses come chumbo em qualquer país, mesmo na Inglaterra ou na França.

Podemos ir mais longe. Voltemos outra vez ao jantar. De que se tratava? Uma festa da traição? Pelo triunfo da ocupação alemã? Parece intolerável. Mas pode ser ainda pior. Algo pode estar escondido por trás. Uma monstruosidade em forma de jantar. A ponto de ser condenável aos olhos dos próprios alemães. O terror dos terrores, como se diz. Algo que ultrapassa a todos nós.

Ouviu-se os gritos de "pare!" da guarda, depois o rangido dos gonzos do portão externo da prisão. Um soldado com uma lamparina de querosene na mão iluminou as faces dos investigadores. O jipe seguiu caminho através do pátio deserto.

Onde estávamos, dr. Gurameto? Em sua condenação. Centenas de pessoas escutaram a música de seu jantar. Seu fuzilamento seria visto como a coisa mais natural do mundo. Assim como o confinamento de sua filha, e de sua esposa. Assim se encerraria a história, no areal na beira do rio... Enquanto nós pensamos outra coisa. Acreditamos em sua veia idealista. Portanto pensamos que você pode fazer algo pela nação. Na noite de anteontem você nos falou sobre a elite pró-germânica. Mehdi Frasheri, o padre Anton Harapi, Ecrem Tchabei, Langush Poradecs, Mustafá Kruia, se não me engano, Ernest Koliqui. Independentemente de que eles tenham feito ou estivessem prontos a fazer uma escolha equivocada, o objetivo, como você mesmo disse, era idealista. Sacrificaram no altar errado, uns sua fama, outros sua honra, junto com a batina de padre franciscano, outros ainda seu talento... Dr. Gurameto Grande, não pedimos nada mais: faça como eles.

Todos foram chacoalhados pela freada do jipe.

O rangido do portão interno foi ainda mais forte que o outro. Os agentes caminhavam em silêncio atrás do guarda que os acompanhava ao longo das altas arcadas. Encontraram Gurameto recurvado sobre sua enxerga. Ajudaram-no a sentar à mesa, depois lhe serviram café com leite.

Obrigado, disse o prisioneiro em alemão.

Ele precisou de algum tempo para voltar a si.

Shaquo Mezini também. A cabeça lhe pesava, parecia de chumbo. Como um monólogo decorado, ele declamou a maior parte do que remoera no cérebro nas últimas trinta horas. Quando chegou às palavras "faça como eles", teve a súbita sensação de que algo se travava em seus miolos.

A incompreensão parecia deixar os olhos do prisioneiro ainda mais turvos.

Diabo, disse consigo o agente. Sua mão folheava o dossiê, sem saber o que buscar. Deteve os olhos numa breve carta em alemão.

O que me diz disto?, disse em voz baixa, estendendo o papel.

O prisioneiro apanhou-o com uma mão trêmula.

É do meu colega judeu. É a segunda vez que me perguntam.

Naturalmente. Desde aquela época a carta foi interceptada pelo serviço de inteligência soviético.

Shaquo Mezini lia pela enésima vez a tradução do texto: Caro colega, anda sumido? Desde que cheguei a Jerusalém não tenho nenhuma notícia de você. Como vai? Teve algum aborrecimento por minha causa? Por favor, escreva. Um abraço, Jakoel.

Diabo, voltou a dizer consigo Shaquo Mezini. O que aquela carta tinha a ver com o que queria dizer? Era a primeira vez que ele sentia um vazio assim na memória. Doutor miserável, esgotou-me, praguejou silenciosamente.

Faça como eles, disse, repetindo a passagem em que seu

pensamento travara. Ficou um tempo com a testa apoiada na palma da mão.

Ah, sim!, quase gritou. A sequência dos pensamentos estava se libertando. Era a respeito do jantar, obviamente, sempre ele. Ali estava a fonte de tudo. Ali estava o enigma.

Ninguém penetrava em seu cerne. Em seu ponto mais sombrio, tenebroso.

Nem mesmo eles, investigadores de todo o campo comunista. Nem os próprios nazistas alemães em seu tempo. Nem o coronel Klaus Hempf. Nem o próprio Gurameto.

O enigma paira sobre tudo. Possui raízes profundas. Regimes políticos são derrubados, Estados caem por terra, porém esses misteriosos núcleos sobrevivem. Como a Johannes. Seus próprios participantes desconhecem suas raízes. Ou proporções. A morte está em seu brasão. Hitler? Não é impossível que sua vez pudesse chegar. Agora você sabe, pode entender.

Faça alguma coisa por sua nação.

Todos os serviços de espionagem comunistas estavam à procura da Johannes. Stálin aguardava! Entende, dr. Gurameto, o que isso quer dizer? O próprio Stálin aguarda...

Dê, dr. Gurameto, esse presente ao seu próprio país.

Mais cedo ou mais tarde a Johannes será descoberta. Que caiba à Albânia essa honra. Ser ela a descobridora. Tornar-se a favorita do campo. E de Stálin.

Shaquo Mezini estava entregando os pontos. O rosto do prisioneiro não dava o menor sinal de compreensão. Os agentes tentaram se recompor. Disseram em frases frias e precisas o que queriam de Gurameto. Algo simples, uma concordância. Ou, dito de outra forma, uma admissão. Admitir que participava da Johannes. Assim como com certeza participara seu colega de faculdade de outrora, Fritz von Schwabe. Assim como o outro coronel, Klaus Hempf. Assim como o dr. Gurameto Pequeno, que àquela altura já admitira...

Não é preciso olhar desse jeito. Você mesmo disse, durante o célebre jantar: Eu não sou a Albânia, assim como você não é a Alemanha, Fritz. Nós somos uma outra coisa.

Vocês eram membros da Johannes, judeus, alemães, albaneses, húngaros... Promoviam encontros por toda parte. O de Girokastra fora apenas um a mais.

Impacientes, os investigadores se interrompiam entre si.

Estavam por toda parte. Como a morte.

A Johannes sionista existia... Todos a conheciam e sentiam sua presença, apenas os olhos não a captavam. E unicamente ele poderia fazê-lo. Captar o incaptável. Produzir uma explicação para o jantar. Grudar a explicação naquela coisa oca e sem luz. Para que saíssem, finalmente, daquela grota... Fale, homem... ai, diab...

Mal tinham pronunciado "diabo" quando lhes pareceu que naquele exato momento o prisioneiro algemado fizera que não com a cabeça, ou fora logo em seguida, não conseguiram saber ao certo, nem na hora, nem mais tarde. Recordavam apenas o grito "Acabou!", depois do qual Shaquo Mezini apoiou-se no companheiro para não cair.

Às três horas da madrugada, ordenaram que o prisioneiro fosse torturado.

Quando amanheceu, a tortura prosseguia. Sombras humanas iam e vinham pelos cantos da grota. Em meio aos gemidos de Gurameto, ouviam-se os berros dos torturadores. O nome do chefe. O apelido. Fale. Seu apelido. O código cifrado. Fale!

O som ritmado de uma bengala ecoava na penumbra. Aparentemente era o Cego Vehip, que, sabe-se lá por quê, fora trazido até ali e depois solto outra vez.

Os gritos eram curtos, uniformes. Depois de Stálin, quem? Onde? Você? Quando? Com veneno? Com raios? Fale.

Uma cantiga cigana fez-se ouvir tristemente. Shaquo Mezini recordou num relance a tarde em que a noiva o abandonara. Também então uma música assim soava ao longe. Ele já não saberia dizer ao certo seus versos. Qualquer coisas como:

Você disse adeus a mim,
Porém não ao meu punhal...

12.

Ele tinha a sensação de que não era a primeira vez que via Shanisha em sonhos. Ela parecia impassível e desdenhosa, sobretudo para com ele. Por fim, abandonou o desdém e, voltando seu rosto pálido, pronunciou as palavras: Você investiga a mim?

Shaquo Mezini deu de ombros. Pareceu-lhe a melhor coisa que havia a fazer, uma espécie de resposta que trazia consigo também um pedido de desculpas (o que ele podia fazer? Era obrigado...) e uma moderada contestação: Um interrogatório em sua grota não precisa ser necessariamente sobre você.

Ela não deixava transparecer nenhum tipo de aborrecimento com ele. Mas também não se mostrava agradecida. Em outras circunstâncias, uma mulher estuprada iria abrir seu coração: Ah, senhor agente, você não sabe o que fizeram comigo. Ela, contudo, mantinha a frieza.

Havia muito barulho em torno e as palavras se perdiam a caminho. Para além de um portão com as duas folhas abertas, apareciam luminosos candelabros e pessoas que iam e vinham. Ouviu de alguém o nome de Stálin, mas pareceu-lhe inadequado perguntar o que acontecia. Depois de algum tempo ele próprio compreendeu: o camarada Stálin dirigia-se para um jantar no Kremlin. Havia até jornalistas que transmitiam a notícia: O camarada Stálin... Por motivo do... todos os comunistas serão informados... os povos...

Shanisha reaparece, em meio aos convidados. Para mim tanto faz, disse ela a Shaquo Mezini, mas tenho certeza de que meu irmão não vai gostar. Nenhum irmão gosta de investigar o estupro da irmã. O agente deu de ombros. Teve vontade de perguntar se ela tinha um convite para o jantar com o camarada Stálin... o camarada Stálin, pai dos povos, mas ela o atalhou: Talvez você já não tenha medo de meu irmão, Ali Paxá de Tepelena... Em meu tempo todos tremiam diante dele...

Era um sonho daquele tipo em que com algum esforço o sonhador consegue escapar, e Shaquo Mezini assim o fez, porém o sonho parecia dos mais obstinados. Mesmo depois que ele abriu os olhos, continuou a ouvir as palavras "camarada Stálin... camarada Stálin, glorioso dirigente".

Ele saltou da cama, lançou-se para a janela e, antes de abrir as cortinas, deu-se conta da tragédia. As palavras saíam de um grande alto-falante no alto da fortaleza. Não era preciso ouvi-las com clareza para entender que era uma má notícia. Sendo transmitida pelo alto-falante, não podia ser diferente. Nesta hora difícil, o camarada Stálin sofria...

Pelo menos ele está morto, pensou Shaquo Mezini.

Na rua, enquanto ele quase corria para o Departamento de Polícia, convenceu-se de que Stálin não estava morto. Vindas de outra direção, as palavras soavam um pouco mais claras. Um boletim médico informava sobre o estado do paciente. Insuficiência respiratória... falência...

Atravessou o pátio do Departamento num piscar de olhos. Arian Csiu, lívido, tentava falar ao telefone.

Todos os telefones estão ocupados, disse, com um olhar culposo.

Shaquo Mezini não respondeu. Ofegante depois da corrida, não conseguia falar.

Há alguma diretiva?, conseguiu perguntar finalmente.

Um telefonema curto de Tirana, do centro. Todos em suas tarefas, é a ordem. Só.

Nas tarefas, disse consigo Shaquo Mezini. Claro.

Pareceu-lhe enxergar nos olhos de Arian Csiu um sinal indecifrável.

Nada mais?, indagou.

Faz uma hora que todos os telefones estão ocupados...

O chefe está na sala dele?

Sim. Os inimigos estão festejando antes do tempo. Foi apenas isso que ele disse.

Você está com medo?, perguntou subitamente.

Arian Csiu não sabia onde se enfiar.

Não... O que é isso?!

Shaquo Mezini sentiu de repente uma onda de emoção como nunca conhecera. A custo reprimia o desejo de apoiar seu rosto no ombro do colega de ofício. De dizer-lhe, comovido: Fique ao meu lado, irmão. Hoje nós dois ficamos órfãos.

A porta abriu-se bruscamente. Era o chefe. Olhou-os fixamente parecendo espantar-se por vê-los ali, e no mesmo impulso voltou a sair.

Os dois permaneceram em silêncio, com os olhos na janela. Depois se deram conta de que olhavam na mesma direção, para o aeroporto militar. A época em que os agentes aterrissavam ali parecia inconcebível.

Ao meio-dia fez-se uma rápida reunião, na sala do chefe do Departamento. O último boletim médico não mostrava nenhuma modificação no estado de Stálin. A diretiva do centro mantinha-se a mesma: todos em suas tarefas. A rádio transmitia música clássica. Uma das datilógrafas tinha lágrimas nos olhos.

Às quatro horas da tarde Shaquo Mezini ergueu-se de um salto, com o rosto fechado.

Levante-se, exclamou para o outro. Vamos até lá...

Onde?

Você sabe onde.

Sem informar ninguém, subiram a rua da prisão numa marcha insegura. Às vezes o som das botas batendo no calçamento lhes parecia ensurdecedor, como se as entranhas da terra chorassem, mas logo soava abafado, dando a sensação de caminharem sobre areia.

Na grota de Shanisha, encontraram Gurameto estendido como de costume sobre sua enxerga. Ele não se moveu quando os dois entraram nem quando o chamaram. As marcas da tortura apareciam principalmente nas maçãs do rosto.

Está alegre, né?, disse Shaquo Mezini. Ouviu que Stálin está doente e alegrou-se, cachorro?

Ainda estava sem fôlego depois da marcha acelerada e mal conseguia articular as palavras.

O outro a custo respira e você festeja, né?

Por causa de um débil sinal de vida no olhar de Gurameto, passou pela cabeça do agente que a curiosidade era o último sentimento que restara no médico. Ele tentou disfarçar a respiração ofegante, mas em vez de diminuir ela acentuou-se. Era possível que o médico encarcerado tivesse relacionado as palavras sobre a respiração difícil não com Stálin, mas com o próprio agente.

Stálin a custo respira, escutou?, foi seu brado. Ele sufoca e você comemora, né?

O prisioneiro não respondeu.

Os olhos do investigador deslocaram-se para o nicho em que os instrumentos de tortura reluziam debilmente. De maneira inexplicável, recordou que alguns anos antes um colecionador britânico, amigo da Albânia, desejara comprá-los ao peso de libras esterlinas.

Achou que o olhar de Arian Csiu estava cravado no mesmo recanto. Nenhum outro dia seria mais apropriado ao emprego daquelas ferramentas, pensou.

Para seu assombro, sua boca falou coisa bem distinta.

Você é médico, Gurameto. Não pode se alegrar quando outra pessoa está morrendo, não é? Aproximou o rosto do prisioneiro e quase sussurrando prosseguiu: Você gostaria de curá-lo? Não? Fale!

Por um átimo julgou que o outro fizera que sim com a cabeça, mas não tinha certeza.

Dr. Gurameto, disse em tom suave. Você tem em suas mãos a cura de Stálin...

Aproximou outra vez o rosto e começou a segredar no ouvido direito do médico. Uma palavra sua, como dizer, uma assinatura sua no fim do termo de interrogatório vai operar milagres. Muita gente pensa que ele foi derrubado pela tristeza diante da não elucidação do complô hebraico... Consequentemente, a notícia de que a conspiração foi esclarecida, certamente, vai reanimá-lo...

Salve Stálin, doutor, disse num tom desvairado.

O outro agente acompanhava a cena completamente atônito.

O mal-estar estava se impondo a Shaquo Mezini. Tal como a voz, seus joelhos fraquejavam e em seguida as costelas, que pareciam feitas de cera. Não se sustentavam. Ele tinha impulsos de abraçar o prisioneiro para os dois chorarem juntos.

Não estava em condições de perceber se estava caindo de joelhos naquele instante ou se fora bem antes. Sua mão trêmula estendeu o dossiê, implorando.

Ressuscite-o, disse, comovido. Mais necessária que a ressurreição de Cristo é a de Stálin... Traga Stálin de volta dos mortos!

145

Este último brado o esgotou por completo.

Seu olhar cravara-se fixamente no rosto do prisioneiro.

Shaquo Mezini teve a impressão, como da outra vez, de que Gurameto fizera que não com a cabeça.

Não, gritou interiormente, erguendo as mãos à frente, como se tivesse perdido a visão.

No dia seguinte, na fria repartição, as horas passavam com extenuada lentidão. Ora um olhar, ora outro, erguia os olhos para a paisagem distante, na direção do pequeno aeroporto militar. Sabiam que a espera era vã. Mesmo assim não conseguiam conter o movimento dos pescoços.

Em contraste com o que acontecera pela manhã, os toques de telefone eram raros. Não só a sala de trabalho mas todo o Estado parecia vítima de uma apoplexia. Regularmente, Arian Csiu saía para se informar das novidades nas salas em torno, mas sempre voltava silencioso. A diretiva permanecia a mesma: cada um em sua tarefa. Dizer era fácil...

Depois da noite estafante, Shaquo Mezini não conseguia se concentrar. A paisagem desolada do aeroporto, desmedidamente dolorosa, lembrava-lhe seu último sonho, que lhe aparecia no cérebro com o título "Vida dos aviões". Ele surgira repentinamente, no dia em que Shaquo Mezini vira o agente alemão descer a escada do avião, usando um casaco de couro desabotoado e um cachecol que o vento agitava. Também gostaria de projetar uma imagem assim, de renomado agente do campo socialista, desembarcando pelos aeroportos de Budapeste, Moscou, Varsóvia, à caça do inimigo comum. Não era difícil prenunciar a alegria que esses momentos proporcionariam, frequentemente ao som do hino:

Somos os filhos de Stálin,

Que combatem em toda parte.
Até que tremule na Terra,
Da foice e martelo o estandarte.

Agora aquele sonho se desvanecia da mesma forma que a respiração d'Ele. Era tal e qual o acontecido em outra tarde, longínqua, quando ele chegara em casa de uma reunião tediosa e a mãe, atordoada, estendera-lhe a carta que a noiva deixara. Não tente entender por quê. Não tem volta.

Fora assim mesmo que acontecera. Ela não voltara mais e ele nunca entendera o motivo da separação. Às vezes tinha o pressentimento de que era ele próprio que evitava a verdade. Na família, toda vez que se falava da escapulida, surgia nos olhos da mãe a silenciosa pergunta: como era possível que ele penetrasse tantos mistérios e não atinasse com o motivo de sua própria desgraça?

Depois da prisão dos dois Gurameto, quando ele inspecionou toda a lista das consultas, leu com pavor tanto o nome da mãe como também o da noiva. Depois de um instante de prostração, assinalara cuidadosamente as datas. A consulta fora feita três meses depois do noivado e cinco semanas após a primeira relação. Por quê?, interrogara-se dezenas de vezes. Qual o motivo da separação e do segredo?

Durante o primeiro interrogatório do dr. Gurameto Grande, ele sem querer cravava os olhos na mão direita do médico, que realizava os exames ginecológicos.

Imaginava a tarde sem graça em que ela saíra de casa, cabisbaixa, para ir, sabe-se lá por quê, ao hospital.

O que ele não daria para saber a verdade!

Uma semana mais tarde, contrariando as normas, ele achou um meio de ficar a sós com o prisioneiro. Era a primeira falta que cometia, mas não teve dores de consciência. Havia faltas que não afetavam o Estado.

Falou ao prisioneiro em voz tranquila. Dir-se-ia que era um interrogatório rotineiro sobre uma suspeita qualquer. Depois de dar o nome e o sobrenome dela, acrescentou que era uma mulher jovem, de vinte e quatro anos, que, conforme os arquivos do hospital, tivera uma consulta em 17 de fevereiro de 1951, às quatro e meia da tarde.

Depois de franzir o cenho, o prisioneiro disse que não lembrava.

Uma mulher de porte médio, com um aspecto comum.

O outro voltou a negar com um gesto.

Procure lembrar, doutor, insistiu Shaquo Mezini, surpreso com a mudança em sua própria voz. Subitamente toda a aflição daquelas semanas o engolfara. Doutor, por favor, repetiu com a voz embargada. Eu pergunto como um ser humano... Era minha noiva.

O prisioneiro não emitiu qualquer sinal.

Não lembra? Naturalmente não lembra. Ela não dá na vista. Uma moça comum. Não era uma beldade como Violcsa Skanduli, como Marie Kroi.

A voz de Shaquo Mezini se reduzira em volume, tornando-se mais fria e ameaçadora.

Por que ela foi consultá-lo? E por que eu não sabia? Fale.

O prisioneiro permaneceu imóvel.

Diga pelo menos o que ela tinha. Ouviu? Pelo menos, o que ela tinha?

Não recordo.

Ah, é?

Mas, mesmo que recordasse, não diria. É segredo profissional.

Miserável!, exclamou consigo Shaquo Mezini. Monstro desalmado!

Em todas as sessões que se seguiram ele tratava de não pôr

os olhos na mão direita do prisioneiro, acorrentada ao outro médico.

Ao amanhecer de 3 de março, quando fora dada a ordem da tortura, o agente se aproximara do torturador chefe, Tule Balloma: Escute, estou com uma bronca... aqueles dois dedos... o indicador e aquele outro, como se chama... arrebentem bem com eles. O torturador o fitara com espanto. Há outros lugares que doem mais, chefe. Eu sei, eu sei, fora a resposta. Mas é isso que eu quero. Despedace-os. Não esquente, chefe. Vai ver só.

O agente estava curioso para ver o resultado, embora o consolo lhe parecesse um tanto magro.

Depois de dois anos de conjecturas sobre a partida da noiva, ele não supusera que, justamente quando a ferida estava fechando, o interrogatório dos médicos iria reabri-la. Assim que recebera o dossiê, ficara pasmo com as proporções planetárias da conspiração. E imediatamente, junto com o pasmo, viera a dor: era tarde. A noiva talvez não tivesse partido se aquilo houvesse ocorrido mais cedo. O dossiê trazia em si aquilo que ele esperava fazia tempo, mesmo sem compreender: o fermento da glória.

A escola Dzerzhinsky, um ambiente que mais que qualquer outro devia hostilizar a caça a mulheres bonitas e honrarias, em segredo a atiçava. À noite os alunos sonhavam, febris, como se sonha com o pecado. Os chefes, que tudo sabiam, e não tinham como ignorar aquilo, surpreendentemente não os reprimiam, davam a entender quase abertamente que o mundo seria deles caso soubessem vencer. Os filhos de Stálin haveriam de afogar o mundo em sangue... Até deixar de joelhos as catedrais, e com elas os homens e as mulheres de alto luxo...

Sua noiva se mostrara indiferente àqueles romantismos. Nos primeiros jantares na casa dela, em vão ele exibira seu revólver, supostamente por descuido, ao despir o paletó. Não despertara a menor curiosidade em seu olhar; longe disso, ela ostentava seu desprezo por armas.

Caso ele fosse famoso, é óbvio que tudo seria diferente. Ser um chamariz de fêmeas... Como os comissários do povo com seus blusões de couro e cicatrizes na fronte. Ou como os cirurgiões que sabiam lidar com elas. Se ele fosse alguém... Se ele fosse vizir, os guerreiros montanheses de Kardhiq não ousariam violentar minha irmã, dissera o jovem Ali Tepelena conforme os relatos. Desde aquele dia ele não tivera outro objetivo exceto chegar a vizir para vingar-se.

A estrela da glória luzira na vida de Shaquo Mezini justamente quando tudo indicava que já não teria serventia. Ele o sentira assim que ouvira o rádio e em seguida quando vieram os jornais com grandes manchetes. Depois, enquanto acompanhava com os olhos o agente alemão que enfrentava a ventania a caminho do prédio do aeroporto. E mais tarde, cada dia mais, enquanto a glória se tornava tão palpável como nas noites de delírio na escola Dzerzhinsky. Com certeza, naquele exato momento dezenas de seus colegas de escola, de Berlim a Ulan Bator, investigavam o dossiê da monstruosidade. No entanto, era para ele que a sorte sorria, mais forte que nunca. O sonho de se tornar o agente mais célebre do campo nunca estivera tão próximo. Shaquo Mezini, investigador, trinta anos, albanês... Entrevistas, encontros com jovens pioneiros e delegados em congressos. Camarada Stálin, aqui está Shaquo Mezini, o agente que desmascarou a célebre Johannes. Convites para jantares no Kremlin. Depois, por que não, quem sabe... ser recepcionado pessoalmente por Stálin.

Em suas antevisões esta última era sempre adiada para o momento final, quando o cérebro já estava meio ébrio. Ele evitava a exatidão. Fugia dela, porém sem sofrimento. Às vezes, ocorria de alguma outra refeição tentar interferir. A ceia de Cristo, talvez, tal como a conhecia dos Evangelhos, que ele lera, e até sublinhara com lápis vermelho, devido à investigação do padre Foti, pároco de Varosh. Porém, em primeiríssimo lugar ele se referenciava naquele que fora a causa de tudo, o jantar de Gurameto, onde ele, Shaquo Mezini, às vezes comparecia como o encarregado de prender o misterioso convidado, às vezes no lugar do convidado, quer dizer, do todo-poderoso defunto...

Não desista, exortava ele a si próprio. Ainda havia esperança. Estavam em 4 de março. Stálin ainda vivia. Haviam torturado novamente Gurameto, desde o amanhecer. Os torturadores estavam convictos de que ele assinaria.

O dia estava abafado, com nuvens cinzentas, mas uma luminosidade o cobria de perfídia. O rádio, além de música clássica, levava ao ar cartas de ouvintes, declarações de reuniões de trabalhadores e soldados. Augúrios de pronta convalescença, ameaças aos inimigos.

Quase sem exceção os versos publicados em albanês referiam-se às dificuldades respiratórias de Stálin. Todos se sentiam sufocar.

Gurameto foi torturado de novo. Agora os agentes já não esperavam por ordens de cima. Num fim de tarde revistaram outra vez a casa de Gurameto, agora para confiscar o gramofone e os discos. Entre estes se encontrava *A morte e a donzela* de Schubert, tal como estava escrito no termo do interrogatório. O disco passou a tocar nas sessões de tortura.

É para realizar a predição do coronel defunto: Você vai ouvir esta música de outro modo. Lembra dessas palavras?

Shaquo Mezini exprimia-se como num delírio. O outro agente o escutava, bestificado. O fraco de seu colega pela Bíblia o assustava.

Depois de duas horas os dois foram ao hospital, para confiscar os instrumentos cirúrgicos do dr. Gurameto, trazidos da

Alemanha em tempos idos, todos com a letra "G" gravada. Arian Csiu não necessitou de esclarecimentos do colega para compreender que Gurameto seria tirado da cama e torturado com seus próprios utensílios, para que se realizasse a outra profecia, revelada no sonho, em que ele, com seus bisturis, em outras palavras com suas próprias mãos, operava a si mesmo...

13.

A notícia da morte foi dada pouco antes do meio-dia. Ele estava na cama, deitara-se semivestido, depois da penosa noite na grota de Shanisha, quando sentiu a mão de sua mãe em seu ombro. Shaquo, Shaquo, dizia ela, baixinho. Acorde, querido... acabou...

Pôs-se de pé como um louco, arrebatou o revólver na cabeceira do leito, depois o paletó e, descendo os degraus de três em três, saiu à rua.

Pranteie! Mais ainda!, exclamou consigo mesmo, sem saber a quem se dirigia. As pernas espontaneamente o conduziram até o Departamento de Polícia. Tinha um oco no cérebro. Depois compreendeu que eram os alto-falantes que ele interpelara. Não pranteavam o bastante, assim como o monte da Lundjeria não se enlutava devidamente. Pobre de mim, disse interiormente.

Ao chegar no Departamento o coração voltou ao lugar. Seus companheiros estavam todos ali. Abraçaram o recém-chegado como se fosse um morto. Tinham os olhos vermelhos, não falavam. Quando avistou Arian Csiu, atirou-se em seus braços sem conter os soluços.

Cem passos adiante, no Comitê do partido, a cena se repetia. Veteranos da guerrilha, com medalhas de guerra e os olhos inflamados de tristeza, formavam pequenos grupos, de pé, em frente às portas. Mensageiros, chegados sabe-se lá de onde, partiam pouco depois, ainda mais sombrios.

Uma hora depois do meio-dia, ouvia-se o choro coletivo das crianças nos prédios e pátios das escolas primárias. Muitas pessoas diziam: Não posso mais!, e iam se fechar dentro de casa. Outros, presos à cama por longas enfermidades, saíam à rua.

À tarde, nas salas e nos quintais, as pessoas se reuniam para escutar o rádio, que transmitia a cerimônia fúnebre na capital. O locutor descrevia com voz trêmula a praça Skanderbeg, onde dirigentes tinham caído de joelhos diante da estátua do morto. Em nome de todos os comunistas albaneses, o Guia, comovido, prometia lealdade inarredável.

Na rua do hospital, aqui e ali, havia gente conduzindo outros que tinham desmaiado. Na entrada, Remzi Kadaré, transtornado, apontava com a mão para a emergência. Depois, aos soluços, contava algo imensamente triste, que as pessoas pensavam ser a tragédia que acabara de ocorrer, mas na verdade era o relato do instante fatal em que, no lugar de interromper a partida de pôquer, na qual já recuperara o segundo andar de sua casa, de repente pusera-o no jogo, junto com o terceiro, e tudo se perdera.

Em outras ruas ouviam-se os gritos de infelizes que eram arrastados pelos cabelos até o Departamento. Eram acusados de terem rido durante a cerimônia fúnebre, em vez de chorarem ou pelo menos suspirarem, embora proclamassem a plenos pulmões que nem sequer tinham sorrido, ao contrário, estavam tão desconsolados como todos os demais, apenas, ninguém podia dizer por qual motivo, o pranto de repente se convertera em risada, não era a primeira vez que aquilo lhes ocorria, mas ninguém lhes dava crédito e em vez de ouvi-los batiam ainda mais forte.

Depois da cerimônia, Shaquo Mezini disse ao companheiro que não se aguentava em pé e iria embora. Caso houvesse alguma emergência, que o chamassem.

Em casa, dormiu como uma pedra. Quando acordou, anoitecera. Por um momento teve a sensação de estar suspenso no vazio. Era uma espécie de abismo saturado de aflição e medo. Stálin já não estava lá. Acabara-se... Não existia mais. O que mais poderia existir?... Fale!

Sacudiu a cabeça. O que lhe veio à memória era inesperado e perverso. O alvo ventre da noiva, fúnebre como tudo mais, com ligas ao redor, e o arrependimento por tê-lo usufruído tão pouco.

O peito lhe doía, dir-se-ia que os gritos sufocados causavam mais dores que os libertados. Stálin não estava mais neste mundo. E, como se isso não bastasse, Gurameto estava.

Não se podia conceber uma injustiça mais horrenda. Shaquo Mezini foi tomado de um medo desconhecido. Ficar só com Gurameto. Neste mundo desolado, apenas ele e o monstro. O cérebro não tolerava a ideia. Imaginou o sorriso cínico do outro: Foi-se, foi-se seu papai, deixou-os a todos, ha, ha, ha. Estremeceu outra vez.

Não, disse consigo. Nunca. Jamais.

Com passos inseguros saiu de casa. As ruas estavam desertas. Numa delas a luz de um poste agonizava sem chegar a se extinguir. O prédio do Departamento estava na penumbra. O guarda-noturno fitou-o como quem pede desculpas. Em sua sala encontrou um bilhete de Arian Csiu: Estou em casa. Qualquer coisa, me chame.

Algum tempo depois, as botas dos dois ecoavam no calçamento em frente ao castelo. Não se falavam, dava a impressão de caírem no sono, ora um, ora outro.

A caminhada pareceu-lhes muito longa, como se andassem

entre nuvens. Por mais de uma vez, Shaquo Mezini julgou que as botas do outro lançavam faíscas, como um cavalo que vira em sua meninice, subindo penosamente a ladeira calçada.

As portas de ferro da grota de Shanisha gemeram nos gonzos. Encontraram Gurameto como o haviam deixado, estirado na enxerga.

Shaquo Mezini tocou o joelho do outro com a bota: Acorde, Stálin morreu! À luz mortiça da lâmpada, o rosto do prisioneiro permaneceu impassível. Manchas negras e linhas de sangue seco faziam-no parecer uma máscara desenhada às pressas.

Está rindo, né?

A máscara não se moveu. Sua expressão permitiria qualquer interpretação: riso, choro, súplica, raiva, ameaça.

(Quando escutou a notícia da morte, riu. Bem na minha cara. Perdi as estribeiras, não me contive.)

O olhar do investigador passou do rosto às mãos envoltas em ataduras. (Não, eu não pensara em apagar rastros. Nem sabia se haviam arrancado os dedos.)

Sem nada dizer, fez um sinal a Arian Csiu e os dois começaram a arrastar o prisioneiro.

Ao tocar o solo, a algema vazia da mão direita tilintou.

Onde está o outro?, quis saber Shaquo Mezini.

Quem?

O outro, estou dizendo. O dr. Gurameto Pequeno.

Não há outro Gurameto.

Shaquo Mezini deteve-se. Seu olhar fez-se terrivelmente ameaçador.

Quero dizer... Faz dias que eles não estão mais juntos... Você sabe.

As vozes dos dois soavam deformadas sob as altas arcadas. Onde? Como? Talvez na cela ao lado.

O carcereiro da grota juntara-se aos agentes.

Ele passou um tempo naquela cela. Era espancado por estagiários novatos... Vocês conhecem isso melhor que eu... Estudantes, calouros.

O som das vozes mudava conforme percorriam as celas.

Ele também pode ter sido fuzilado por engano, prosseguiu o carcereiro. Vocês sabem, nesses últimos dias tivemos uma certa confusão.

Algumas das celas estavam completamente às escuras. Numa delas, duas centelhas de uma luz selvagem moviam-se como os olhos de um gato.

Indagado sobre o que eram aquelas luzes, o carcereiro da grota respondeu num tom culpado: É o Cego Vehip. Os rapazes, de brincadeira, grudaram nas órbitas dele dois vidros fosforescentes.

Onde encontraram tempo para coisas assim?

Um dos guardas da grota disse algo mais adiante. Parece que o encontraram, comentou Arian Csiu. Ao que parece está agonizando, disse o carcereiro, iluminando um rosto com a lanterna de mão.

Não parece com ele, disse Shaquo Mezini. Mesmo assim, não interessa. Algemem-no ao pulso direito do outro.

Vou precisar de uma assinatura aqui, disse o carcereiro, obsequioso, estendendo um papel.

Shaquo Mezini não respondeu. Ainda estava com as mãos ocupadas. O dr. Gurameto pela primeira vez deu um sinal de vida quando sentiu a mão do outro acorrentada à sua. Parecia querer falar alguma coisa, sem conseguir.

Não me leve a mal, prosseguiu o carcereiro.

O agente encarou-o com desprezo.

Stálin morreu, criatura! Já ficou sabendo?! O mundo está de pernas para o ar.

Eu sei, disse o carcereiro, constrangido. Mas o que posso fazer, pobre de mim? São as normas.

Tinham se aproximado da saída. Sentiam o ar frio da noite. Aqui, disse o carcereiro, apontando um lugar na folha. Aqui onde está escrito "motivo da remoção do prisioneiro: visita ao local do crime".

As últimas horas do dr. Gurameto Grande só muito tempo mais tarde conseguiram ser reconstituídas quase por completo. Além do relatório da autópsia e dos dois inquéritos judiciais, foram os testemunhos de Arian Csiu, do carcereiro da grota de Shanisha e do motorista que lograram completar o quadro. Os testemunhos de Shaquo Mezini e do Cego Vehip não foram levados em conta devido ao estado de confusão mental em que os dois se encontravam.

Todas as fontes coincidiam em que, no amanhecer do dia 6 de março, mais exatamente às três horas e vinte minutos, a viatura da prisão deixou o pátio e em seguida a galeria principal da fortaleza, para tomar a estrada que saía da cidade, com cinco pessoas em seu interior: os dois prisioneiros, os dois agentes e o motorista.

Durante um bom tempo o silêncio reinou no automóvel e os prisioneiros não deram qualquer sinal de vida. Mais tarde, o ar fresco da noite fez com que um deles, o dr. Gurameto Grande, voltasse a si e tentasse dizer alguma coisa. Sua fala foi completamente embrulhada, devido à perda dos dentes, e por isso ninguém o entendeu. O outro prisioneiro não se fez ouvir.

Na rodovia, enquanto a viatura contornava o cemitério de Vassilikoi, o dr. Gurameto Grande voltou a si novamente. Com a mesma obstinação de antes, apontou com o braço livre para a grade do campo-santo, tentando dizer algo. Tampouco dessa vez foi compreendido. Algumas centenas de metros adiante repetiu-se a cena. Dali por diante, até o areal às margens do rio, nada ocorreu que mereça menção.

Ainda que mais tarde os peritos tenham repassado dezenas de vezes o intervalo em que o veículo saiu da estrada, não foi possível lançar luz sobre sua faceta mais obscura — os esforços de Gurameto para chamar a atenção dos outros. Todos os testemunhos se referem ao balbuciar do médico, mas nenhum deles o esclarece.

Das três ocasiões em que Gurameto esforçou-se por falar, os peritos só tinham conseguido explicar a primeira. Ela dava sinais de ter relação com o dr. Gurameto Pequeno, o colega ao qual ele ainda acreditava estar acorrentado pela mão direita. Aparentemente, a primeira coisa que o dr. Gurameto Grande tentara dizer quando voltara a si era: Este não é meu colega. Ou: Este aqui já se foi.

Não fora encontrada nenhuma explicação para as duas outras tentativas. Nestas a obstinação do prisioneiro fora mais intensa, quase violenta, acompanhada por movimentos do braço na direção do cemitério. Ficava a sensação de que aquele movimento encerrava a essência do enigma.

No que diz respeito aos momentos finais, a chegada do veículo à faixa de cascalho na margem do rio, a parada em frente ao lugar chamado praia do Bandoleiro, as testemunhas eram convincentes e não havia qualquer contradição. Enquanto o motorista abria uma cova no cascalho, os agentes tinham puxado os prisioneiros para fora. Aproximaram-nos da borda da cova e, embora suspeitassem de que um deles já estava morto havia tempos, por medida de segurança dispararam o revólver nos dois, várias vezes seguidas.

Quando a primavera se despedia, fez-se o julgamento dos dois agentes. Shaquo Mezini foi condenado a três meses e meio de prisão, ao passo que Arian Csiu levou dois e meio, por "abuso de autoridade". Circunstâncias atenuantes, a comoção pela morte de Stálin e principalmente a atitude cínica das vítimas diante da trágica notícia foram decisivas para aliviar as penas. Devido às suas condições psíquicas, Shaquo Mezini cumpriu pena no hospital psiquiátrico de Vlora, ao passo que Arian Csiu o fez na própria prisão local, não longe da grota de Shanisha.

A exumação dos restos mortais ocorreu quarenta anos mais tarde, em setembro de 1993, logo depois da queda do comunismo.

Os familiares encontraram os corpos tal como tinham sido abatidos, unidos entre si por uma das correntes. A primeira coisa que se constatou foi que a pessoa algemada ao dr. Gurameto Grande não era o dr. Gurameto Pequeno, mas um desconhecido, cujo nome nunca se soube. Apesar de incansáveis buscas, também o corpo de Gurameto Pequeno jamais foi achado. Como se isso não bastasse, verificou-se que os vestígios do dr. Gurameto Pequeno eram raros e tênues a ponto de alguns duvidarem de sua existência. Com o aprofundamento das investigações essas dúvidas cresceram, em vez de refluírem. Não se encontrou uma só palavra dele nos termos dos interrogatórios, menos ainda nas declarações das testemunhas. Ainda que isso não fosse dito em voz alta, não poucos acreditavam que o dr. Gurameto Pequeno fora apenas uma excrescência ou uma projeção externa da parte desconhecida da psique do dr. Gurameto Grande, projeção que as pessoas à sua volta haviam assimilado por razões inexplicáveis.

Quinze anos mais tarde, na primavera de 2007, o dossiê do dr. Gurameto Grande voltou a ser aberto, quando a União Europeia exigiu da Albânia, assim como de todos os ex-membros do bloco socialista, a condenação dos crimes do comunismo.

Durante semanas inteiras, outros peritos, dessa vez um conjunto de albaneses e europeus, examinaram o material. Raras vezes haviam deparado com uma investigação reunindo os serviços secretos de vários países com regimes e destinos completamente antagônicos. O serviço de espionagem da Albânia monárquica, mais tarde o da comunista, a Gestapo alemã, a Stasi, também alemã mas comunista, o aparato de inteligência soviético e por fim, mesmo que tangencialmente, o de Israel. Como se não bastasse aquilo tudo, e ainda as curiosidades vinculadas à investigação, como os versos do Cego Vehip, ou os relatos de mulheres que, temendo ser convocadas pelos investigadores, contavam segredos que haviam jurado levar para o túmulo, o dossiê também acrescentava depoimentos da filha e sobretudo da esposa do cirurgião. Esta última relatara coisas que apenas ela poderia saber, como os pesadelos noturnos de Gurameto, histórias fantásticas, entre elas a do conviva defunto, que, segundo ele, sua avó contava para adormecê-lo quando menino. Ou ainda duas ou três coisas que ele se arrependia de ter feito, entre as quais a principal vinha acompanhada de um suspiro — Ah, aquele jantar... — que às vezes lhe escapava quando menos se esperava.

Independentemente disso, o dossiê do dr. Gurameto Grande ia se esclarecendo na medida mesma em que parecia complicar-se. O encadeamento lógico de seus componentes era irreparável, exceto uma passagem curta, um fragmento de tempo encoberto pelas brumas.

O fragmento de tempo não passava de um detalhe insignificante em sua vida, não mais de cinco ou seis minutos, porém a opacidade de sua escuridão parecia de tal ordem que poderia cobrir anos inteiros.

Tratava-se do amanhecer do dia 6 de março de 1953, mais precisamente dos cinco ou seis minutos em que a viatura dos agentes percorria a rodovia esburacada, contornando a grade do cemitério. Como estava consignado nos relatórios anteriores, das três tentativas do dr. Gurameto para falar, apenas uma, a primeira, fora satisfatoriamente explicada. As duas outras, justamente as mais apavorantes, permaneciam nas trevas.

Qual mensagem o prisioneiro quisera transmitir naquela madrugada de 6 de março de 1953? Qual estertor oculto lhe emprestara repentinamente aquela força sobre-humana, a ponto de quase quebrar os grilhões?

Ao folhear as incontáveis páginas do dossiê, os investigadores intuíam que ocasionalmente um fio de luz brilhava aqui e ali. Isso acontecia sobretudo em momentos de cansaço. Porém, bastava que eles se concentrassem para que a luz se extinguisse, como se temesse a claridade e recuasse para seu ponto de origem, envolta na bruma.

Com o tempo eles perceberam que a explicação que tentava vir à tona não se tratava de algum fenômeno sobrenatural, embora não se adequasse ao dossiê de um inquérito. O que qualquer um deles rejeitava, como quem rejeita um corpo estranho, não por alguma motivação misteriosa, mas simplesmente porque explicações assim ainda não cabiam nos modelos estabelecidos nem na maestria dos procedimentos investigativos, talvez nem sequer na própria linguagem.

Portanto, jamais ninguém logrou reconstituir o quadro do que acontecera verdadeiramente, naquele instante mais transcendental da vida do dr. Gurameto Grande, no alvorecer daquele dia de março.

Eis aqui:

Dia 6 de março de 1953. Amanhece. A viatura deixa o pátio da prisão rumo à saída da cidade. Os prisioneiros estão silenciosos, talvez inconscientes. O ar fresco reanima um deles, Gurameto Grande. Depois de balbuciar pela primeira vez, para dizer que o acorrentaram a um desconhecido, ele parece perder os sentidos novamente. Volta a si mais tarde, na rodovia, quando o veículo contorna a grade do cemitério. Ao rubor ainda pálido da alvorada, ele reconheceu o famoso cemitério de Vassilikoi. Esteve ali dezenas de vezes, especialmente em enterros de pacientes ilustres, que tinham morrido em suas mãos durante ou depois de uma cirurgia. Porém há outra razão para sentir-se ligado ao campo-santo. Quando a avó, para adormecê-lo, contava a história do morto convidado por engano para jantar, ele, ainda muito menino, muitas vezes se pusera na pele do filho que, conforme rezava o conto, recebera do pai um convite para entregar ao primeiro passante que achasse.

Como o único cemitério que conhece é o de Vassilikoi, imagina-se ladeando-o como personagem da história. Tem medo, o coração dispara e, em vez de continuar andando até achar algum transeunte, estende a mão através dos ferros da grade para atirar ali o convite. Quando se afasta correndo, volta os olhos mais uma vez para ver o alvo papel que caiu sobre uma tumba.

Quarenta anos mais tarde, enquanto a viatura da prisão contorna o cemitério, Gurameto tem sua primeira alucinação. Parece-lhe ver ali o convite descartado em tempos idos e causador de tudo. É invadido por um louco desejo de voltar, para tirar o papel da sepultura onde caiu. Voltar atrás no tempo e desviar a mão do destino, antes que o morto apanhe o convite.

Confuso como está, acredita que pode fazê-lo, por isso ofega, debate-se, espumeja, enquanto com a mão livre aponta a grade de ferro atrás da qual ainda vê, sobre uma tumba, o alvo papel do convite. Porém ninguém o compreende.

A segunda miragem aparece certo tempo depois. Agora já não é o Gurameto de seis anos de idade que corre com o convite na mão, mas um outro, crescido e até morto, jazendo há muito na cova. Tal como vira a si próprio em pesadelo. Sobre si tem o mármore da pedra tumular, com seu nome gravado, e em torno a grade de ferro.

Por entre a grade, uma requintada mão feminina, com dedos longos e um anel de luto, deixa cair um convite. Este esvoaça nostalgicamente antes de cair sobre a sepultura.

O morto, ou seja, o próprio Gurameto, estremece depois de tantos anos de paz. Sente que deve obedecer à ordem. Erguer-se e atender ao convite para jantar. Onde? Não se sabe. Onde mora essa mulher que ele conhece e ignora? No número 22 da rua Varosh? Em seu próprio jantar, quem sabe, aquele que tempos atrás foi sua perdição?

Esta é a ordem, porém ele não quer cumpri-la. Espumeja ainda mais forte. Grita, tenta quebrar as algemas, a tal ponto que os agentes amedrontados sacam os revólveres. Porém ele não para. Tal como antes procura voltar atrás, para a sepultura, para arrancar finalmente aquele convite e mudar seu destino. Porém isso é impossível.

Mali i Robit (*Albânia*), *Lugano, Paris,*
Verão-inverno de 2007-8

ESTA OBRA FOI COMPOSTA PELO GRUPO DE CRIAÇÃO EM ELECTRA E
IMPRESSA PELA RR DONNELLEY EM OFSETE SOBRE PAPEL PÓLEN BOLD
DA SUZANO PAPEL E CELULOSE PARA A EDITORA SCHWARCZ
EM FEVEREIRO DE 2013